沙優
SAYU

神田 蒼
KANDA AO
「これでなびかないなら吉田のセンスが悪いな」

三島柚葉
MISHIMA YUZUHA
後藤愛依梨
GOTO AIRI
「やっぱり、三島さんって、可愛い」
「……後藤さんは、やっぱり苦手です、私」

contents

ひげを剃る。そして女子高生を拾う。
Each Stories

しめさば

角川スニーカー文庫

22479

1話　目玉焼き

「あ」

ぽたり、と目玉焼きの黄身がテーブルに垂れた。

「もったいね」

つぶやいて、濡《ぬ》れた台布巾《だいぶきん》でテーブルを拭《ふ》く。

「すまん、ちょっと垂らした」

作ってもらったものをこぼして無駄《むだ》にするのも申し訳ないと思い、テーブルの向かいで朝食をとっている沙優《さゆ》に謝ると、彼女は目をぱちくりとしてから失笑《しっしょう》した。

「いいよ別にわざとじゃないんだし。律儀《りちぎ》だねぇ」

沙優はつぶやくようにそう言って、目玉焼きの白身だけを箸《はし》で器用に切り離《はな》して口に入れた。

沙優は目玉焼きの黄身だけをきれいに残すように、少しずつ白身を食べ進めている。

俺はすぐに黄身を割って、それを白身に絡《から》めて食べるという食べ方をするので、沙優のその食べ方は少し新鮮《しんせん》なものがあった。

「沙優の作る目玉焼きってさ」

ふと思い立って口を開くと、沙優は箸を一旦《いったん》止めて首をかしげた。

「ん？」

「いや、黄身が随分柔《ずいぶんやわ》らかいよなと思って。半熟っていうのか？」

「ああ……」

沙優は曖昧《あいまい》に頷《うなず》いてから、再度首をかしげた。

「もしかして嫌《きら》い？」

「いやいや、そうじゃなくて。むしろ柔らかいのは好きだ。白身にも飯にも味が絡んで美味《うま》いしな」

「そっか、良かった」

別に柔らかいからどうの、という話ではなく、単純な気づきというか、感想だった。

「俺の母親の作る目玉焼きはいつも完全に黄身が固まっててさ。ちょっとぼそぼそした食感だったもんでな。小さいころはあんまり目玉焼きって好きじゃなかったんだよな」

「そうなんだ？」

「一人暮らし始めて、自分で作ってみた時も、火加減とか水入れるタイミングとか難しくて、母親と同じように完全に黄身の固まったやつしか作れなかった」

俺がそう言うのを、沙優はどこかいつも以上にぼーっとした様子で眺《なが》めながら相槌《あいづち》を打っていた。

「沙優ってやっぱり料理上手《うま》いよな」

どうでもいい話をしてしまったかと思い、俺がそう話を結論づけて終わらせると、沙優はそこでようやく表情を変化させた。どこかに飛ばしていた意識が彼女の体の中に戻《もど》っていくように、彼女の眉《まゆ》がぴくりと動いて、そしてすぐに顔を赤くした。

「あ、そ……そう？」

少し照れたように沙優は首をかくかくと傾《かし》げて、髪《かみ》の毛の先をいじった。

「親に教わったのか？」

「え？」

俺が訊《き》くと、再び沙優の表情が固まった。

しまった、と思ったが、放ってしまった言葉は引っ込められない。

家庭から逃《に》げてきたであろう相手に親の話を振《ふ》ってどうする。後悔《こうかい》が脳内を駆《か》け回る。

しかし沙優は少し困ったように視線をきょろきょろと動かしたものの、すぐににへらと笑って首を横に振った。

「母さんはあんまり料理しない人だったから」

沙優はそこで言葉を区切って、目玉焼きの載《の》った皿に視線を落とす。

「料理はほとんど独学かな。料理本とか、ネットとか見ながら。自分の好きな味になるように試《ため》してみたりしてた」

「……そうか」

沙優の家庭の状況《じょうきょう》については、今まで俺から訊いたことはないし、彼女が自分から切り出したこともない。これについては、本人が語りたがるまでは俺が訊く必要もないことだと思っている。

だというのに、明らかに余計なことを訊いてしまった。俺もつられて視線を落とすと、沙優がちらりと一瞬《いっしゅん》こちらを見たのが分かった。

「あ、でもね！」

沙優が手をぱん、と打って、明るい声を出す。

「料理は結構楽しくてさ。一人で結構やってたんだ。趣味《しゅみ》……みたいなものだったかも」

「ああ……」

ため息のような声が自然と漏《も》れた。

また、気を遣《つか》わせてしまった。

「おかげで、毎日こんなに美味い飯が食えるんだからありがたいったらないな」

俺がそう言うと、沙優は少し頬《ほお》を赤くして、しまらない笑顔《えがお》を見せた。

もう一口、目玉焼きを口に運ぶ。卵の風味が口いっぱいに広がって、それが消えないうちに白米をかきこむ。これがたまらなく美味かった。

しばらくお互《たが》い無言で朝食を食べ進めていると、ついに沙優の目玉焼きの白身が完全になくなった。丸い黄身だけが綺麗《きれい》に沙優の皿に残っている。

その黄身をどう食べるのかと気になって、味噌汁《みそしる》を啜《すす》りながらさりげなく意識を向けていると、ついに沙優がその黄身に箸をつけた。

黄身を箸でしっかりつかんで、切り分けることもせずに、そのまま皿から持ち上げた。

そして、それを丸ごと、いつもあまり大きく口を開けずにちまちまと食べる沙優にしては珍《めずら》しく、大口を開けて口に入れた。そして、幸せそうに目を細めて、鼻から「んふ」と息を漏らす。

あまり他人の食事をまじまじと見ないようにと心がけていたつもりが、驚《おどろ》きのあまり視線が釘付《くぎづ》けになってしまっていた。黄身を口に入れて自然と上がった沙優の視線と俺の視線がぶつかる。

沙優は咀嚼《そしゃく》していた口をぴたりと止めて、ハムスターのように頬を膨《ふく》らませたまま、首をかしげた。

「ん？」

「いや、すまん」

俺は慌《あわ》てて沙優から目を逸《そ》らした。

「一口でいったのにちょっとびっくりしてな」

俺が視線をテーブルの上でうろつかせながらそう言うと、沙優は再び咀嚼を開始して、すぐに黄身を飲み込んだ。

「え、変かな……」

「いや、変ってわけじゃないけどな？」

沙優があまりに不安げな声と表情でそう訊いてくるので、俺も慌てて首を横に振った。

「ほら、お前普段《ふだん》あんまり大きな口開けてメシ食わないだろ。だからちょっと驚いただけだよ」

「そ、そう……？」

沙優もきょろきょろと視線を動かして、それから押し黙《だま》った。

居室になんとも言えない空気が流れる。

「よ、吉田《よしだ》さんって……」

沙優が口を開く。視線を彼女のほうにやると、妙《みょう》に顔を赤くしていた。

「案外、私のこと見てるよね。いろいろとさ……」

「え、いや、別にそんなことはねぇよ……」

「ご飯食べる時の口の開け方とかそんなに見ないでしょ……ふつう」

「いや、たまたま目に入ってただけで」

「……えっち」

「なんでだよ!!!」

俺が声を荒《あら》らげると、そこで沙優はようやくくすくすと笑顔を見せた。一瞬妙な空気になったのが元に戻ったのを感じて少し安堵《あんど》する。

「黄身を一気に食べるの、美味《おい》しいよ」

沙優はそう言ってから、味噌汁をこくりと飲んだ。

「卵の味が口の中で爆発《ばくはつ》するの」

「爆発するのか」

「そう。するの」

沙優はそう言って、またくすりと笑った。

「今度吉田さんもやってみなよ」

「まあ……気が向いたらな」

俺が曖昧に返事をすると、沙優はいたずらっぽい笑みを浮《う》かべて、言う。

「そしたら今度は私が吉田さんの大口開けてるところ見ててあげるから」

「やめろよ、そんなん見なくていいだろ」

「その言葉、そっくりそのままお返しします～」

沙優がくすくすと肩《かた》を揺《ゆ》らすのを見て、俺も少し口元が緩《ゆる》んだ。

俺の失言からずるずると続いてしまった会話だが、少しだけ今まで知らなかった沙優を垣間見《かいまみ》たような気がして、不思議な気持ちになる。

なぜか、目玉焼きの黄身を口いっぱいに頰張り幸せそうに目を細めた沙優のあの表情が、脳内で何度も反芻《はんすう》されていた。

2話 饅頭

「はい、全員持って行ってな。何個でもいいぞ。好きなだけ持って行ってくれ」

オフィスのど真ん中に、同じ形の箱が山のように積まれていた。

有休をとって家族旅行に行っていた上司の上田《うえだ》さんがお土産《みやげ》に買ってきた饅頭のようなのだが、その量がなんだかおかしい。

大体こういうものは、全員が一つずつとったうえで少し余るくらいの量を買ってくるのが適正だと思うのだが、積んである箱の量はそれどころではなかった。おそらく一人につき3、4個もらっていっても余るのではないかと思うほどだ。

「随分《ずいぶん》すげぇ量買ってきましたね……」

「お、吉田か。お前も持ってけ」

箱の山の前に立つと、上田さんが俺に箱ごと饅頭を押し付けてくる。

「いや、さすがに1箱はもらえないっすよ」

「この調子じゃ確実に大量に余っちまうから、人助けだと思ってくれよ」

「というかなんでこんなおかしな量買ってきたんですか」

箱を渋々《しぶしぶ》受け取りながら訊く。

上田さんは神妙《しんみょう》な表情で腕《うで》を組んで、答える。

「お土産屋の店員さんが妙に美人でな……カミさんが他《ほか》の買い物してる間、暇《ひま》だったもんでその店員さんと喋《しゃべ》ってたら、ちょっと調子に乗っちまってな。『じゃあ、ここに積んである分全部買っちゃおうかな～』的なことを冗談《じょうだん》で言ったら引っ込みがつかなくなって……」

「馬鹿《ばか》ですか」

「まあ旅行でくらい馬鹿やるのもいいもんさ」

上田さんはあっけらかんと笑って、もう1箱手に持って、こちらに寄越《よこ》してきた。

「もう1箱いるか？」

「いやいや、いらないっす。そんなに食えないですって」

「そうかぁ……おい、その辺のやつら！　まだ持ってってないんじゃないのか！」

上田さんは饅頭を受け取らずに通り過ぎて行った社員たちを呼び止め始める。

俺は手元に残った饅頭の箱をじっと眺めて途方《とほう》に暮れた。饅頭は嫌《きら》いではないが、一人で消費するにはさすがに1箱は多いと思った。

「なに固まってるんですかそんなとこで」

「うお」

いつの間にか隣《となり》に三島《みしま》が立っていたので、驚いて身体《からだ》がびくりと跳《は》ねた。

「1箱ももらったんですか！」

三島が驚いたように言うので、俺は顎《あご》で上田さんの前の箱の山を指した。

「お前ももらいに行って来たらどうだ」

「いや、もうもらいましたよ。食べました」

「早いな」

「甘さ控《ひか》えめで美味しかったです」

それを聞いて、俺は箱を開けて、饅頭を二つほど取り出した。そして三島に渡《わた》す。

「食いきれないから食べてくれ」

三島は目をぱちくりとしながら、それを受け取る。そして首を傾《かし》げた。

「吉田センパイ、甘いの苦手なんですか？」

「いや、そんなことはねえけど……」

苦手どころか、饅頭は割と好きな方だった。母親が饅頭を好きだったこともあってか、実家の茶請《ちゃう》けにはいつも饅頭が置かれていて、しょっちゅうそれをつまんでいたのを思い出す。

「まあでも、こんだけあるなら分けたほうがいいだろ。それに、美味しいって言ってんのにさらにもらいに行かないってことは、もらいに行きづらい理由があるんだろうなぁと思ったから……ってなんだその顔」

答えながら隣の三島を見ると、彼女は口をへの字にして、顔を少し赤くしながら俺を睨《にら》んでいた。

「なに怒《おこ》ってんだよ」

「べつに怒ってないです。はぁほんと」

三島は明らかにぷりぷりと憤《いきどお》りながら、俺の手元の箱からさらに2つ饅頭をひったくった。

「もらいますとも」

「お、おう……」

「ほんと卑怯《ひきょう》だと思います吉田センパイは」

「はぁ……なにが？」

俺が訊《き》き返すと、三島は俺の脇腹《わきばら》を軽く肘《ひじ》で小突《こづ》いて、舌を出した。

「自分で考えてください」

そう言って、三島は自席に戻《もど》って行く。席に着くや否《いな》や、饅頭の一つの小袋《こぶくろ》を開けて、鼻息荒く頬張っていた。苦笑《くしょう》して彼女から視線をはずすと、今度は遠くのデスクに座っている後藤《ごとう》さんと目が合った。

何故《なぜ》だか分からないが、三島と話した直後はよく後藤さんと目が合う。

後藤さんは小首を傾げてから小さく微笑《ほほえ》んで、ちょいちょいと手招きをした。呼ばれてしまっては、無視するわけにもいかない。

俺は饅頭の箱を持ったまま後藤さんのデスクの前まで歩いていく。

「どうしました？」

「いや、特に用があるわけじゃないんだけどね。ほら、目が合ったからさ」

後藤さんはくすくすといつもよりも子供っぽい笑いを零《こぼ》してから、俺の手元の饅頭に目を落とした。

「吉田くんももらったのね？」

「そりゃ、もらいますって」

いまだにあまり数の減っていないお土産の山に視線をやって答えると、後藤さんは再び肩を揺らした。そして、自分のデスクの上を指さす。

「私も2箱ももらっちゃって」

後藤さんのデスクの上にも饅頭の箱が2つ積まれていた。

「家族でもいればよかったけど」

「はは、同じく」

後藤さんの少し自虐《じぎゃく》めいた冗談に、俺も苦笑の交じった相槌《あいづち》を打つ。家族はいないだろうが、後藤さんには恋人《こいびと》がいるだろうに、と思ったが口にはしない。ここで言っていいことではなかった。

「1箱に10個入ってるのよ？　それを2箱って……一人じゃ食べきれないわよねぇ」

「毎日1つずつ食べても20日かかりますもんね」

「ほんとよね……まあもうちょっとたくさん食べればいいってだけの話でもあるんだけど」

後藤さんが小さく零すので、俺は首を傾げた。

「食べればいいんじゃないですか？」

「あのね……吉田くん」

後藤さんの目じりが少し尖《とが》るのを感じる。あれ、今何か失言したか？

「お饅頭を毎日何個も食べてたら太るでしょう？」

「え、そういうもんですかね……」

「そうなの。女性的にはそういうのは気になるの！」

彼女にしては少し大きめな声でそんなことを言ったので、近くの席の社員たちがちらちらと後藤さんに視線をやった。

俺は後藤さんの「女性的にはそういうのは気になるの！」という発言を聞きながら、横目で、遠くの席の三島を見た。ちょうど、３つ目の饅頭に手を伸《の》ばしているところだった。

「三島さんはまだ若いから気にしないかもしれないけど？」

俺の視線を追いかけたのか、後藤さんはそんなことを言ってさらに語気を強くした。

「え、なんか怒ってます？」

「怒ってない」

後藤さんは目を若干《じゃっかん》吊《つ》り上げたままぶっきらぼうに言って、机の上の饅頭をデスクの中にしまった。

「でも、お昼ご飯」

「え？」

俺が口を開くと、後藤さんは聞き返すように口を開けた。

「お昼ご飯、サラダだけじゃなくてもよくなりますね、当分は」

俺の言葉に、後藤さんはぽかんとしたまま何も言い返さない。

「もらったものなら、ちゃんと食べなきゃいけないし、人前で食べてても何も思われないじゃないですか。むしろデスクで饅頭食べてる後藤さん想像したら……ちょっと可愛《かわい》いなって思いました」

俺は言いながら、壁《かべ》にかかった時計を見る。そろそろ始業の時間なので自席に戻って業務を開始する準備を始めたいところだ。

そんなことを考えながら後藤さんの方に視線を戻すと、後藤さんは驚《おどろ》くほどに顔を赤くして、そして先ほどよりも明らかに目を吊り上げてこちらを見ていた。

「え、どしたんすか……」

「もう、吉田くんは！　ほんとに！」

後藤さんが立ち上がってバシバシと俺のスーツを叩《たた》いた。

「ほら始業近いから！　席に戻ったら！」

「あ、はい、え、なんか怒ってますか？」

「怒ってない！」

後藤さんは明らかに怒った様子でそう言いながら、俺の肩《かた》を掴《つか》んで無理やり方向転換《てんかん》させて、背中をぐいぐいと押した。

「さっさと自席に戻る！」

「は、はい！」

「それと、お昼ご飯は私と食べること！」

「はい？」

「早く行く！」

「あ、はい！」

いろいろと解《げ》せないが、本当にあと数分で始業時間なので、ぐずぐずはしていられない。席に戻り際《ぎわ》、すごい顔をしながらこちらを見ている三島と目が合った。お前、それは何の顔だよ。

自席に戻って、饅頭《まんじゅう》の箱をビジネスバッグに押し込みながら、ＰＣの電源をつける。

「吉田、ほんと大変そうだよねぇ」

隣の橋本《はしもと》が、他人事《ひとごと》のようにそう言った。

「なにがだよ？」

聞き返すと、橋本は一瞬《いっしゅん》目を丸くした後に、失笑した。

「何が大変なのか自分で分かってないところが大変そうって話」

「はあ？」

橋本はけらけらと笑って、キーボードをカタカタと言わせる。横顔が、完全に仕事モードに入った。

言うだけ言って逃《に》げやがって……。

俺もPCが起動したので、仕事に気持ちを切り替《か》えることにする。

しかし、今日は朝から三島にも後藤さんにも怒られてしまった。しかも、怒られた原因はよく分からないときている。

「女ってほんと分かんねえな……」

誰《だれ》にも聞こえない程度の小声で言ったつもりだったが、隣の橋本が噴《ふ》き出したので、聞こえていたようだった。

頭をぼりぼりと掻《か》いてから、俺は仕事を始めるべくPC画面を睨みつけた。

3話　社食

今日も吉田先輩《せんぱい》を死守した。

社内食堂で私は、一人鼻をスンと鳴らす。

最近、後藤さんが妙《みょう》に吉田先輩にアプローチをかけているのは知っている。週に何度か、先輩を昼食に誘《さそ》っては、どこか社外の店に二人で行っているようなのだ。

一度振《ふ》っておいて何を考えているのかは分からないけれど、後藤さんは今、吉田先輩に対してかなり積極的だ。こうなってくると、むしろ先輩の『振られた』という話に対して懐疑《かいぎ》的な気持ちが湧《わ》き起こる。だってほら、あの人色恋に関してはマジでニブチンだもの。本当は振られてないのに、後藤さんの遠回しな表現に気付かずに振られたと勘違《かんちが》いしている、なんてこともあるんじゃないかと疑ってしまう。

もしそうだとすれば、そりゃあ、後藤さんだって本気になるというものだろう。めちゃくちゃにアプローチしないと分からないんだから。私だって、同じである。

そういったわけで、最近は昼食の時間は私にとってかなり重要な2つの意味を持っているのだ。

一つは、吉田先輩との時間を作れるかどうかということ。

そしてもう一つは、後藤さんと吉田先輩を二人きりにしないことができるかということ。

この両方を満たすためには、後藤さんよりも先に吉田先輩を昼食に誘うということが必《ひっ》須《す》条件になる。

私が必死に彼を昼食に誘い始めた最初の頃《ころ》は、彼と仲の良《い》い橋本先輩は怪訝《けげん》そうな顔をしていたものだけれど、今ではもうすっかり慣れた様子で、私が当然のように一緒《いっしょ》に昼食をとっても顔色一つ変えなくなった。

「中華麺《ちゅうかめん》セット一つ」

隣《となり》で吉田先輩が、社食の従業員に食券を渡《わた》しながら言った。

「またそれですか。いつも飽《あ》きないですね」

私が言うと、吉田先輩はちらりと私を横目で見て、鼻を鳴らした。

「そう言うお前だっていつも焼き鮭《じゃけ》定食だろ」

指摘《してき》されて、私は言葉に詰《つ》まった。確かに、私もいつもこれだ。若干焼きすぎなくらいの鮭と、出汁《だし》がとれすぎていて味噌《みそ》の味が若干薄《うす》く感じるしじみ汁《じる》の組み合わせが何故《なぜ》かお気に入りなのだ。

痛いところを突《つ》かれた、と思うのと同時に、少し嬉《うれ》しく感じている自分もいた。『いつも』という言葉には、ちょっとした親しみが込められているように感じたからだ。いつも一緒に昼食を食べている。私がいつもこれを食べているのを、吉田先輩は見ている。それってきっと、少しだけ特別なことだ。

吉田先輩と、橋本先輩と、私の全員が注文した品の載《の》ったトレーを受け取り、テーブルについた。

橋本先輩はすぐに手を合わせて食べ始めるけれど、吉田先輩はどこかぼーっとしている。ゆっくりと割りばしを割って、のろのろと食べ始めるのだ。

そんなにのんびりでは、麺が伸びてしまうではないかといつも思っているけれど、他人の食事を急かす《せ》のもどうかと思うので口にはしないでいる。

「そういえば、今日から遠藤《えんどう》と小田切《おだぎり》さん出張行ったね」

「ああ、そういや今日からか」

橋本先輩が切り出すと、吉田先輩も何度か首を縦に振った。

「大丈夫《だいじょうぶ》かねえ。岐阜はさすがに遠いよね。さすがの遠藤でも参ってるんじゃない？」

「いや、あいつはどこ行っても平気だろ。どうせ仕事もそこそこに美味《うま》いもんを探してる」

「ああ……それは違いないね」

熱が籠《こも》っているわけでもなく、それでいて、楽しんでいないわけではない。絶妙《ぜつみょう》な熱量とテンポで、吉田先輩と橋本先輩の会話は成立している。自分が交ざらなくても、この二人の会話を聞いているのは心地《ここち》よかった。

いつもであれば放《ほう》っておけば二人で話し続けるのだけれど、今日は吉田先輩がすぐに黙《だま》ってしまった。ラーメンの入った器《うつわ》をじっと見つめたまま、均一なペースで麵を摑んでは、ズルズルと啜《すす》る。吉田先輩がこういう風になる時は、ぼーっとしているのではなく、大抵《たいてい》何かを考え込んでいるときだ、と、最近分かってきた。

そして、私は知っている。

彼が出張を断った理由は、彼の家にいる例の女子高生、サユちゃんだ。

最近会社でよく彼が何かを考え込んでいるときは、きっとあの子のことを考えているのだと思う。

私は、吉田先輩からサユちゃんのことは詳《くわ》しくは説明されていない。と、いうより、そこまで説明する情報がないというのが現実なのだと思う。「帰り道にたまたま拾ってしまった」だとか、「やましいことは一切《いっさい》していない」だとか、必死に説明していた吉田先輩を思い出す。どれも信じられない話ではあったけれど、説明の最中吉田先輩の目が一切泳がなかったので、きっと本当のことなのだろう。

吉田先輩がサユちゃんに対して恋愛《れんあい》感情のようなものを持っていないのも、吉田先輩と映画館に行ったあの日の、夜の公園の出来事で分かっている。あの時の吉田先輩の表情は、どう見ても恋《こい》する男というよりは、子供を心配する親のそれだった。

分かっているのだ。

けれど、やっぱり妬《や》けるものは妬ける。

最近気づいたことだけれど……というより、今までは恋愛経験もなかったものだから、気付く由《よし》もなかったことなのだけれど、私は独占欲《どくせんよく》が強い方なのだと思う。

後藤さんに吉田先輩がお昼に連れ出されるのを見ていると、胸がざわついてどうしようもなくなる。私の知らないところで、吉田先輩が誰かと何かをするのは落ち着かないのだ。

その点、彼が家に帰ってからは安心だと私は勝手に思っていた。その理由はもちろん、彼がフリーで、一人暮らしだと知っていたから。

けれど、今ではその前提も揺《ゆ》らいでしまった。

今は吉田先輩は、家に帰ればサユちゃんと二人っきりで寝食《しんしょく》を共にしているわけだ。

きっと今後も何かが起こることはないのだろうと分かってはいても、そこに自分には想像のし得ない、吉田先輩と他《ほか》の女の子の生活があるのだと思うと気が気ではなかった。

ふと吉田先輩を見ると、完全に箸《はし》が止まっていた。ぼーっとした目で、ラーメンのどんぶりを見つめたまま微動《びどう》だにしない先輩を見ていたら、考えるよりも先に口が動いていた。

「麵伸《の》びちゃいますよ、センパイ。食べないなら一口ください」

そう言って、あれ、と思った頃には私は吉田先輩のトレーからひょいとラーメンの入ったどんぶりを摑《つか》んで、自分の方に持ってきていた。何してるんだ？　私。

「おい」

吉田先輩に若干困惑《じゃっかんこんわく》気味に声をかけられるけれど、もはや後戻《あともど》りできる状況《じょうきょう》ではなかった。

ままよ、と中華麵を自分の箸で摑んで、ずずと啜った。どうしてこういう時だけ思い切りがいいのか、自分でも困惑した。

やはり麵はスープを吸っていて、かなりやわらかい。あまり嚙《か》まずとも、勝手に喉《のど》をつるんと通り過ぎて行った。

「もう伸びてますね、これ。あんまり美味《おい》しくない」

「勝手にひとのもん食っておいて文句言うのかお前は」

吉田先輩は眉根《まゆね》を寄せて私からラーメンのどんぶりを取り返した。そしてわざとらしいため息をついた。

「お前さ」

「はい？」

「他の奴《やつ》にもこんなことしてるんじゃないだろうな」

吉田先輩の質問に、私は一瞬《いっしゅん》きょとんとしてしまった。

「他の奴って？」

「他の奴は他の奴だよ。ほら、上司とか、同期とか……」

「いやいや、上司に対してこんなことしないでしょ」

「お前ならやりかねないって言ってんだよ」

ひどいことを言われている気がする。

「してないですって」

ともかく、普段《ふだん》からこんなことをしているわけではないし、そもそも私がいまなぜこんなことを勢いづいてしてしまったのかも自分でよく分かっていないくらいなのだ。

答えると、吉田先輩は曖昧《あいまい》な表情で頷《うなず》いて、「ならいい」と言った。

「なんですか、ならいいって」

「いや」

吉田先輩はそこで一口中華麺を啜ってから、もぐもぐと咀嚼《そしゃく》した。それを飲み込んで、ぼそりと言う。

「男にそんなことしてたら、勘違いする奴もいると思ってな」

「はい？」

吉田先輩の言葉に、私は間抜《まぬ》けな声を上げる。

彼は私の反応を見て、さらに付け加えた。

「いや、だから。そういうことすると、自分に気があるんじゃないかって勘違いする男もいるって話。気を付けたほうが」

「ぶっ」

吉田先輩の隣で、橋本先輩が噴《ふ》き出した。

言葉を遮《さえぎ》られて、吉田先輩は若干怒《おこ》ったような顔で橋本先輩を見る。

「なんだよ」

「いや、別に」

「笑っただろ今」

「思い出し笑いだよ」

「絶対嘘《うそ》だろ。なんか言いたいことあるならはっきり言えよ」

「いやいや、ないって、ほんとに」

橋本先輩《せんぱい》はそう言いながらも、くすくすと肩《かた》を揺らしている。

私はと言うと、とにかく脱力《だつりょく》していた。

そうだ、この人はこういう人だった。

映画館に行った日にも思い知ったはずだったけれど、こうして定期的に思い出させてくれる。

もしかしたらこの人は勇気を出してキスをしても「そういうことをしたら気があると勘《かん》違《ちが》いされることもあるからやめろ」などと説教を垂れて来るのではないかと心配になる。

私はあんたの娘《むすめ》か何かか？

「吉田センパイ」

私が口を開くと、彼は橋本先輩を睨《にら》むのをやめて、こちらに視線を寄越《よこ》してきた。

私は、めいっぱいの嫌《いや》みを込めて、言ってやる。

「もし私以外に吉田センパイにこういうことしてくる女がいたら、吉田センパイに気があったりすることもあるかもしれないので、気を付けたほうがいいですよ」

「ぶっ」

再び、橋本先輩が噴き出した。

「おい、また思い出し笑いか？」

「うん、そうだよ」

橋本先輩に食ってかかる吉田先輩を、私はくすくすと笑いながら眺《なが》める。

正直、後藤さんのことも、サユちゃんのことも、気にかかって仕方ないけれど。

どのみち、私にできることは少ないし、それをするしか道はないのだと思う。

そして、後藤さんと吉田先輩。サユちゃんと吉田先輩。それぞれに、それぞれの時間があるように、私にも彼との時間がある。

きっと、吉田先輩の中華麺《ちゆうかめん》を勝手に啜ったのは私だけだ。

焼きすぎて少し硬《かた》くなっている鮭《しやけ》を食べながら、私は少しだけ前向きな気持ちになった。

食堂にいる間は、私は他の誰《だれ》にも負けていないのだから。

4話　パフェ

「うわぁ……」

思わず声が漏《も》れた。

ベッドに転がってノートPCの画面を見ていた吉田さんが、視線だけこちらに寄越してくる。

「どうした？」

「いや、すごいなと思って」

私が手に持ったスマートフォンの画面を吉田さんの方に向けると、吉田さんが露骨《ろこつ》に眉を寄せたので私もくすりと笑ってしまう。

画面に映っているのは信じられないほど大きなパフェだ。都心の駅の近くに、特大パフェ専門店があるようで、そこの特集ネット記事をたまたま見つけて開いてみたら、目に飛び込んできたのがこの写真。

トランペットか何かの先端《せんたん》をそのままカップにしたんじゃないかと思うくらいに大きなカップに生クリームやらフルーツやらが敷《し》き詰《つ》められたベースの上に、ソフトクリーム、ワッフル、そしてさらに生クリームが載《の》っている。写真にはポップな字体で『スイーツ女子に大人気！　なんと総量５kg！』と書いてあった。

「５kgって……米の袋《ふくろ》と同じ重さかよ」

「あはは、そう考えるとやばいね」

吉田さんの困惑気味なコメントに再び笑いが漏れる。

スマートフォンの画面を消して、テーブルの上に置くと、ベッドの上からじっとこちらを見ている吉田さんと視線がぶつかった。少し、どきりとする。

「ど、どしたの……」

「いや、お前さ」

訊《き》くと、吉田さんは何度か視線を私のスマートフォンに投げてから、ぼそぼそと言った。

「ほら、一応女子高生やってたわけだし……そういう、パフェとか、興味あんのか？」

「へ？」

吉田さんの唐突《とうとつ》な質問に、私は間抜けな声を上げた。

いや、パフェに興味があるかどうか、ということ自体は話の流れとしては自然かもしれないけれど、『女子高生をやっていたわけだから』という前提に少し違和感《いわかん》を覚える。

「女子高生はパフェが好き、っていう決まりがあるんだっけ？」

私が訊き返すと、吉田さんは首の後ろをポリポリと掻《か》いて、視線を落とした。

「いや、そういうわけではねぇけど……割とそういうイメージはあるよな。放課後にファミレスでパフェ食ってるみたいな」

「あはは、なにそれウケる」

吉田さんの中にはかなり女子高生に対する『ステレオタイプ』が存在していると思う。一般的《いっぱん》に言われている『女子高生』という生物が、大体こういう行動をする、というような凝《こ》り固まった概念《がいねん》だ。

「甘いものは好きじゃないのか？」

「好きだよ」

「その割にはあんまり食べてるところ見ないよな……」

吉田さんが少し思案顔になった。

しまった、と咄嗟《とっさ》に思った。

吉田さんがこういう話の流れでああいった表情をするときはたいてい、私に不自由をさせているんじゃないかと邪推《じゃすい》しているときだったりするのを私は知っている。

そして、『しまった』と思ってしまった自分を反省した。

吉田さんにはもう、さんざん、「遠慮《えんりょ》をするな」と言われ続けているのだ。私は昔から大人には遠慮をする性格だったから、そう簡単にそれが直るわけではないけれど、こうして居候《いそうろう》させてもらっている身だ。できるだけ吉田さんの希望に沿う努力をするのは当然の義務だと思った。

「こっち来てからは確かにあんまり食べてなかったかも……気にしてなかったや」

私が言うと、吉田さんは納得《なっとく》したともしてないとも分からないトーンで「そうか」と呟《つぶや》いた。

そこで一旦《いったん》会話は途切《とぎ》れて、吉田さんはまたPCの方に視線を戻した。少しの間をおいて、カタカタと何かをタイピングした音がしたのでそれにつられるようにPC画面をついつい見てしまう。

『パフェ　美味《おい》しい　ファミレス』

そうインターネットブラウザの検索《けんさく》ワードに打ち込んであるのが見えて、自然と口角が上がってしまう。

本当にこの人は、どうしてそんなに私のことばかり考えてくれるのだろうか。

そんなことを思ってすぐに、ここに来たばかりの頃は疑問で仕方がなかったことが、今では少し嬉《うれ》しく感じていることに気が付いて私は少し困惑《こんわく》する。

『今日は休日だもの』

脳内で、閃光《せんこう》のように、そんな言葉が浮《う》かんだ。

『少しくらいは、甘えてみたら』

自分に言い聞かせるように脳内に響《ひび》いたその言葉は、私の口の中の水分を一気に奪《うば》って、けれど、ぐいと私の背中を押した。

「あのさ吉田さん」

「うん？」

吉田さんが、ＰＣから私に視線を移した。

彼は、私が声をかけると必ず目を合わせて会話してくれる。そんなところも、どこか胸が温かくなって、好きだった。

私は吉田さんから目を逸《そ》らして、テーブルの上に視線を転がした。

「なんか、さっきの見てたら……久々にパフェ食べたくなってきたんだけど……」

私がだんだん小さくなる声でそう言うと、吉田さんは何度かまばたきをしてから、片方の口角がぴくぴくと動いているのを手で隠《かく》した。

「おう、そうか。じゃあ行くか」

吉田さんはそれだけ言って、ベッドから身体《からだ》を起こして、洗面所へと向かった。

彼は面白《おもしろ》いことで笑うのには躊躇《ちゅうちょ》しないけれど、嬉しいことでにんまりとしてしまうのをどうも恥《は》ずかしがるようだった。今口元を手で隠したのも、おそらくそれだ。

彼は、私に頼《たよ》られたい。

私は、彼に頼るのは気が引ける。

難儀《なんぎ》な関係だと思う。

けれど、私は自分からここを立ち去るまでは、吉田さんと生きていくことになるのだ。いつまでも相手に歩み寄らないわけにはいかないと、もう分かっている。

洗面所から聞こえてくる電動髭剃《ひげそ》り機の音を聞きながら、私も、いそいそとスウェットを脱《ぬ》ぎ、制服の袖《そで》に腕《うで》を通した。

＊

「なんか……さっきの写真見た後だとあんまりインパクトねえな」

「あはは、パフェにインパクトとかいらないでしょ」

最寄《もよ》り駅の近くのファミレスで、私と吉田さんは一つずつパフェを注文した。

吉田さんはバナナとチョコの小ぶりなパフェ。

私はメニューの中で一番大きなフルーツパフェ。

私も小さいので良《い》いと言ったのだけれど、吉田さんが「いや、でかいのにしよう」と言って聞かなかったのだ。

「いや、メニューの写真より小さくねえか？　これ」

「大きく見えるように撮《と》ってるんでしょ。いいから食べようよ」

私が言うと、吉田さんは肩《かた》をすくめてから、細長いスプーンを手に取った。

そして、私と吉田さんは同時にパフェを口に入れる。

フルーツのさわやかな香《かお》りと、のっぺりとした生クリームの甘さが口の中に広がって、飲み込んだ瞬間《しゅんかん》に思わず言葉が出た。

「「甘っ」」

声が二重に聞こえて、慌《あわ》てて顔を上げると、吉田さんも眉《まゆ》を寄せてこちらを見ていた。

「ぷっ」

そして二人同時に噴《ふ》き出して、けらけらと笑った。

「美味しい〜、とかじゃなくて『甘っ』が先なんだもんなぁ」

「だって、甘いんだもん」

ひとしきり笑った後に、もう一口パフェを口に運ぶ。

一口目は思ったよりも甘くてびっくりしたけれど、二口目はその甘さもどこか心地《ここち》よかった。

吉田さんもバナナをパフェから引き抜《ぬ》いてぱくぱくと食べている。

「思ったんだけど」

吉田さんがぽつりと口を開いた。昔のことを思い出すように一点をじっと見つめたまま、吉田さんが続ける。

「俺、今までの人生でJKとパフェ食ったのなんて初めてかもしれねぇな」

ものすごく真剣《しんけん》な顔で吉田さんがそんなことを言うものだから、私は再び失笑《しっしょう》してしまう。

「おいなんで笑うんだよ」

「いや、JKとパフェ食べたことあるかどうかなんてどうでもよくない？」

「まあそれはそうなんだけどな……」

吉田さんは髪《かみ》の毛をぼさぼさと掻いてから、少し唇《くちびる》をとがらせ気味に呟いた。

「高校生の頃は、女子とファミレス行くなんてイベントとは縁遠《えんどお》かったからな」

「ふぅん」

　高校生の時の吉田さんを少し想像して、おそらく今とそんなに変わらないんだろうなと勝手に合点《がてん》がいった。そして、同時に、一つの疑問が胸に浮かんできた。

　高校生の時、誰《だれ》かと付き合ったりはしなかったのだろうか。

「吉田さんさ」

　考えるのと同時くらいに口が開いて、その質問を投げかけそうになる。

「うん？」

　吉田さんと視線がぶつかって、私は少し戸惑《とまど》った。慌てて視線を逸らす。

　別に、吉田さんの高校生時代に恋人《こいびと》がいようがいまいが、私には関係ないではないか。どうしてそんなことを訊こうとするのか分からないし、少しだけ『いなかったら良い』と思ってしまっていることにも困惑した。

　視線をうろうろとさせると、吉田さんの口元に目が留まった。

「クリームついてる」

「え？」

　私が吉田さんの口元を指さすと、吉田さんは慌てて親指でクリームを拭《ぬぐ》った。

「ほんとだ。サンキュ」

「いえいえ」

私が肩をすくめると、吉田さんは少し照れたようにもう一口パフェを口にした。

私もそれにつられるようにパフェを口に運ぶ。口の中を甘さに蹂躙《じゅうりん》されながら、私はさっきの質問を胸の中にしまい込んだ。

そして、その代わりに。

「私も」

ぽつりと言った。

「私も、男の人と一緒《いっしょ》にパフェ食べに来たのは初めてだよ」

そう言うと、吉田さんはぽかんとした表情をしてから、また、スッと口元を手で隠した。

「そうか」

何度か頷《うなず》いてから、吉田さんはズズ、とわざとらしく洟《はな》を啜《すす》った。

私はその様子を妙《みょう》に可愛《かわい》らしく感じてしまって、にまにまと口角を上げながら追撃《ついげき》する。

「嬉しい？」

「別に嬉しかねえよ」

「嘘《うそ》だ、ちょっとにやけてたもん今」

「にやけてねえよ！」

けらけらと笑って、また、もう一口。

ああ、パフェってこんなに美味しかったのかと、思った。

どこか気だるげな雰囲気《ふんいき》を放ちながらも、少しキラキラとした目でパフェをぱくぱくと口にする吉田さんを見て、私は温かい気持ちになるのだった。

5話

洗濯

「はぇー、器用なもんだよねぇ」

私が洗濯物を畳《たた》んでいると、隣《となり》で参考書を開いていたあさみがぽつりと呟《つぶや》いた。

「え？」

「畳むの、速いし綺麗《きれい》だし、ヤバくね？」

「え、そう？　普通《ふつう》じゃないかな」

私が首を傾《かし》げると、あさみはぽりぽりと頭を掻《か》いてから、自分も首を傾げた。

「料理とか見てても思うけど、沙優チャソの家事スピードはＪＫ離《ばな》れしてると思うわ」

あさみが言うので、私は思わず手元の洗濯物に視線を落とした。

「まあ、家にいた頃《ころ》も、家事は私が結構やってたから、それもあるのかなぁ」

「へぇ、マジメじゃんね」

あさみは私との会話で集中力が途《と》切《ぎ》れたのか、開いていた参考書のページにぺたりと付《ふ》箋《せん》を貼《は》って、参考書を閉じた。

「ウチ、洗濯物って一度もしたことないんよね」

「へ？　一度も？」

「そ、一度も」

あさみはあっけらかんとした様子で頷いて、畳んで重ねてある私の横の洗濯物を指さした。

「そういうの、家政婦さんがやってくれちゃうわけ」

「ほー……家政婦」

「そ、家政婦。2日にいっぺんうちに来て、家中綺麗に掃除《そうじ》して、洗濯物して帰るカンジ」

「そういう仕事があるのは知ってたけど、まさか友達からそれを聞く日が来るとは思ってなかったなぁ」

私が素直《すなお》な感想を口にすると、あさみは可笑《おか》しそうにけらけらと笑った。

「ウチの通ってるガッコ、割とお金持ちの家庭が多いんだけどさ、それでも家政婦雇《やと》ってるって家はあんまり聞かないわ。ま、だからどうってわけでもないんだけど」

あさみは苦笑を漏《も》らしながらそう言って、私があさみの話を聞きながら半ば無意識で手元に引き寄せていた吉田さんの寝間着《ねまき》のTシャツを指さした。

「ちゅーわけで、ちょっとやらしてちょ」

「え？　何を？」

私が訊《き》き返すと、あさみはわざとらしく顔をしかめて見せて、もう一度Tシャツを指さした。

「だから、その畳むのやってみたいんだっつの」

「え、畳むの？」

「そそ」

あさみはそう言いながら私からひょいと吉田さんのTシャツを取り上げて、自分の膝《ひざ》の上に置いた。そして、ニッと笑顔《えがお》を見せる。

「やったことないって言っても、わざわざやりたいようなことかなぁ」

「ウチがやりたいって言ってんだからやらせてくれたってよくね？　ほら、どうすればいい系？」

ぽかんとする私をよそに、あさみはものすごくやる気を見せている。

けれども、本当にどうしていいか分からないようで、シャツの裾《すそ》をつまんだまま私に視線を送ってきていた。そのキラキラした目に、私は思わず脱力《だつりょく》して、同時に噴《ふ》き出した。

「ちょ、なんで笑ったし」

「別にぃ。……んっと、まず向きが逆ね。襟《えり》がある方を床《ゆか》の方に向けて、広げる」

「うい」

「そしたら、両方の袖《そで》を、身ごろの方に折る」

「み、身ごろってなんぞ」

慣れない手つきのあさみに、じっくりと畳み方を教えていく。

一つ一つの手順を終わらせる度《たび》に「どう？」と言わんばかりにキラキラとした笑顔を向けてくるあさみは、いつものうるさいながらも大人びた雰囲気を放っている彼女とは少し違《ちが》っていて、新鮮《しんせん》だった。

「できた！」

「できたねぇ」

「そっちもやっていい？」

「むしろ助かるかも」

私が数枚Tシャツをあさみに渡《わた》すと、今度は私の指示を仰《あお》がずに、あさみは自分でシャツを畳み始めた。

その様子を見て、私は再び自分の頰《ほお》が緩《ゆる》むのを感じた。

完全にギャル語使うのも忘れ始めているし、あさみは洗濯物を畳むのに夢中だった。

　彼女のギャル語はおそらく骨身に染《し》みついているものではないのだろう。多分本人は無自覚だけれど、真面目《まじめ》になったり、何かに集中しているときは普通の言葉に戻《もど》ってしまっている。

「できた！　完璧《かんぺき》っしょ」

「完璧、完璧」

　綺麗に畳んだTシャツを軽く持ち上げて、あさみがニコニコと笑っている。私がその出来に首を何度も縦に振ると、あさみは満足げにTシャツを床に置いて、他《ほか》のTシャツを手に取って、畳み始めた。

　私はそれを横目に、先に電源と水を入れてあたためておいたアイロンとYシャツをアイロン台に載《の》せる。そして、ゆっくりとYシャツにアイロンをかけた。

　Tシャツはあさみが、Yシャツは私が、という風に分担して片付けると、すぐに洗濯物を畳む作業は終わってしまった。

「ありがと、助かった」

「んや、こちらこそ、楽しかったわぁ」

　あさみは満足げに鼻から息を吐《は》いて、それからにんまりと笑った。

「あさみ、初めてのお洗濯。沙優センセ、点数どれくらいっすか！」

「ンー、100点満点中……100点ですね」

「満点やば。やっぱウチ才能あったかぁ」

あさみがあまりに満足げな表情で頷くので、私はこらえきれずに笑ってしまう。

「なんで笑うし」

「いや……洋服畳むのをこんなに楽しそうにやる人初めて見たからさ」

「やったことないことやるのは楽しいべ。まあ数回やったらもうやりたくなくなるかもしんないけど」

あさみはそこまで言ってから、ごろりと居室の床に寝転《ねころ》がった。そして少し声のトーンを落として言葉を続けた。

「バイトもさぁ。別にやる必要ないんだよね」

「あ……そうだよね」

あさみの家は控《ひか》えめに言ってもお金持ちだ。わざわざ高校生であるあさみがアルバイトをしないといけない理由もないし、きっと頼《たの》めばお小遣《こづか》いだってもらえるのだろう。

「でも、親の言うこと聞かないで、髪《かみ》色もこんなんにして、反抗《はんこう》してるくせに、小遣いだけ親からもらおうってのもなかなかにずっこい話じゃんね」

あさみはそう言って、自嘲《じちょう》的に笑った。

「まあ……学費とかは親に出してもらっちゃってるから、小遣い程度で自分で頑張《がんば》ってる気になるのもどうかとは思うけどサ」

「そんなことないよ」

思わず私が口を開くと、あさみは寝転がったまま視線だけ私に寄越《よこ》した。その視線に催《さい》促《そく》されるように、私は言葉を続ける。

「私、親と仲良くなかったけど、お小遣いもらってたし。今だって、今までだって、どうしてもやらなきゃいけないことだけ、嫌々《いやいや》やってきたもん。だから、やらなくてもいいことを、自分で選んで頑張れるってすごいよ」

私のその言葉に、あさみは一瞬《いっしゅん》表情を暗くしたけれど、すぐに片眉《かたまゆ》を上げて、微笑《ほほえ》んだ。

「あんがと。でもちょっと違うよ……っしょと」

あさみは言ってから、勢いよく上体を起こした。

「結局、ウチはやりたいことがやりたいだけだから」

畳んで積み重なったTシャツをぽんぽんと上からたたいて、あさみは言う。

「親からもらったお金で遊ぶより、自分で稼《かせ》いだお金で遊んでみたかっただけ」

そして、おどけた様子でちらりと舌を出して見せるあさみ。

「……そっか」

本当はそれだけが理由ではないんだろうということは私にだって分かった。ただ、それをここで指摘《してき》するのは野暮《やぼ》だ。

やっぱりあさみは強くて、まっすぐだ。

「じゃ、次は洗濯機回すとこからやってみる?」

「マ!? やるやる!!」

私の提案に、あさみは私に噛《か》みついてくるのではないかという勢いで飛びついた。その様子にまた私は噴き出してしまう。

「次のお洗濯は2日後になりまーす」

「2日後ね! 絶対来るから。勝手に洗濯したら怒《おこ》るかんね」

「はいはい、やらないでおくから」

私も、別段洗濯が嫌《きら》いなわけではなかったけれど。

「いやー、楽しみ増えたわぁ」

「これあさみが畳んだんだよ、って吉田さんにも言っとくね」

「吉田っちどういう反応したかも後で教えてちょ」

楽しそうに笑みを浮《う》かべるあさみを見て。

もっと洗濯が好きになれそうな気がした。

6話 料理

「やっぱり、胃袋《いぶくろ》掴《つか》まれたいですよね。恋人《こいびと》が自分のために料理を作ってくれるってい う、そのシチュエーションだけでも十分嬉《うれ》しいですけど。それでさらにそれが美味《おい》しかっ た日には……もう……ね？」

「アハハ、惚《ほ》れちゃいます？」

「そういうの弱いですね、ボクは」

テレビの中で、最近売れっ子のイケメン俳優が自分が恋人に求める要素を語っている。

彼の言葉の間に挟《はさ》まってくる「あぁ～」とか「キャー」とかいうわざとらしいスタジオの黄色い歓声《かんせい》も相まって、私は少しむず痒《がゆ》い気持ちになった。

「料理……料理ね」

輸入品販売《はんばい》店で買ってきた燻製《くんせい》チーズを口に放《ほう》り込んで、もぐもぐと咀嚼《そしゃく》する。チーズの風味が口から消えないうちに、フルーティーな香《かお》りの強い缶《かん》エールビールをぐいと呷《あお》った。

「……んん」

昼間からお酒を飲み、人目を気にせず好きなおつまみを食べる。休日の幸せだ。

喉《のど》の奥から、だらしのない声が漏《も》れる。

軽い素材の七分丈《たけ》パンツに、キャミソールと、その上からサイズのゆったりとしたTシヤツを着て。お気に入りのソファに腰《こし》をかけて。

私はスライムのようにでろでろと脱力しながら、テレビ画面に視線を送っている。

「料理の中でも、どういう料理を作ってもらえたらキュンと来ますか？」

番組の司会をしている人気女性アナウンサーが、さきほど『胃袋発言』をしていた俳優ににこやかに訊《たず》ねた。

「特別なものじゃなくて全然良くて、目玉焼きとか、味噌汁《みそしる》とかそういう……家庭的なものがいいですよね。あたたかみがあるというか」

「なるほどぉ……！」

俳優の回答に、アナウンサーは大きく、何度も首を縦に振《ふ》っていた。

「家庭的……家庭的ね」

数分前に呟《つぶや》いたのと同じような言い回しで独り言が漏れて、私はひとり苦笑《くしょう》した。

テレビに視線を送ったままなのに、だんだんとテレビの音が聞こえなくなり、映像の内容もあまり頭に入ってこなくなる。

脳内に浮かべたのは、吉田くんの顔だ。

ずっと一人暮らしをしているのだと思っていた吉田くんは、実は今は沙優ちゃんという女子高生と二人暮らしなのだと言う。

そして、その沙優ちゃんが毎日彼にご飯を作ってあげているのだと言う。

「後藤さんって料理上手《うま》そうだよね」

いつだったか、同期の社員にそんなことを言われたのを思い出す。

「いやぁ、どうでしょうね。人並みよ、人並み」

そんなふうな答えをしたのも、覚えている。

思い出しながら、眉間《みけん》にぐっと力が入るのを感じた。

実のところ、『人並み』というのは真っ赤な嘘《うそ》だ。正直に言って、ここ数年、料理など ほとんどしていない。必要性を感じないのだ。

ベンチャー企業《きぎょう》の立ち上げから携《たずさ》わり、年齢《ねんれい》からしても性別からしても、他の企業に いてはこうはならなかったろうというような役職に就《つ》いてしまっている私は懐《ふところ》には余裕《よゆう》 がある。

私が作らずとも、駅前には自分で作るよりも美味しいご飯の出るお店があるし、外で食 べる気分でない日はおかずをスーパーか何かで買って帰り、お米だけ炊飯《すいはん》器で炊《た》けば良《い》い。

そんなこんなで実家を出てからというもの、自分で料理を作ることもなければ、誰《だれ》かに 作ってもらうこともなかったのだから、当然手料理というものには縁遠《えんどお》い生活だった。

この前、吉田くんと夕飯を食べに行ったときに、彼をおちょくるつもりで「沙優ちゃんのご飯とどっちが美味しい？」と訊《き》いてみたことがある。

「ま、まあ……どっちも美味しいっすよ」

たじたじになる彼が見たかっただけなのだけれど、彼の返事は思ったよりも私を動揺《どうよう》させた。

その日は彼の持っているプロジェクトが、当時最も大きかった取引先に納品を終えたことを祝って、いつもより少しばかりお高いレストランで夕食をしていた。だというのに、それと同じくらい沙優ちゃんのご飯は美味しいのだと吉田くんは言ったのだ。

彼が思っていないことを言うタイプの人間じゃないことは、よく知っている。

「手作り、って単語に男は弱いですからねぇ」

「えー！　そういうものなんですか！」

狙《ねら》いすましたかのようにテレビから「手作り」という単語が飛び出してきて、私の意識はまたテレビ番組に引き戻《もど》された。

そして、すぐに馬鹿《ばか》らしくなってため息をついた。

テレビの電源をリモコンでぷつりと消して、私はソファに深々と腰をかけなおす。

ぽつりと、脳内の思考が口に出た。家の中で一人だと、独り言が多くなって良くない。

「吉田くんの胃袋は沙優ちゃんが摑《つか》んでるってことになるのかな……」

吉田くんが過保護なまでに大事にしている女の子。

そして……いつ、吉田くんに恋してもおかしくない女の子。

そこまで考えたら、急にいても立ってもいられなくなった。

ソファから勢いよく身体《からだ》を起こすと、乳房《ちぶさ》がずん、とその重さを主張する。

「はー……取りはずしたい」

ぼやきながらよたよたとキッチンへ向かい、冷蔵庫を開けると、中段に卵がパックで入っていた。

一つだけ減っているのは、この前持ち帰りで買ってきた牛丼《ぎゅうどん》に卵を割り落として食べたからだ。美味しかった。

「目玉焼き……」

卵を一つ取り出して、私は重々しく呟いた。

さすがに数年間料理をしていなかったとは言っても、目玉焼きくらいは作れるだろう。

そんなことを考えながら、私は久々にフライパンを引っ張り出して、コンロにかけたの

「……今のところ」

だった。

＊

「嘘でしょ……」

私はコンロの前で愕然《がくぜん》とした。

卵がなくなった。

料理もしないくせに、牛丼にかけるためだけに買ってきたパック卵。牛丼屋でも卵はつけてもらえるというのに、店を出た後に思い立ってしまったものだからわざわざスーパーに買いに行ったパック卵。４つ入りの卵が、なぜかブランド物以外残っておらず、４つ入りのものの値段と、10個入りのものの値段が30円しか違《ちが》わないという状況《じょうきょう》で、使い切れるかもわからないのについ10個入りを買ってしまったパック卵。牛丼に１つ使って、９個も余っていたパック卵。

その９個を、今使い切った。

「め、目玉焼きってこんなに難しかった……？」

初歩的な料理だと思っていたのに、やってみるとものすごく難しかった。

火が強いとすぐに裏面が真っ黒に焦《こ》げ付いてしまうし、逆に火が弱いといつまでも白身が固まらず、白身に火が通ったと思った頃《ころ》には黄身はぼそぼそに固まってしまっている。水を入れるタイミングを間違えると表面が気泡《きほう》だらけになって見た目が最悪になるし、タイミングを見計らいすぎるとまたもや裏面が焦げ付いた。

そんなこんなで何度もやり直していたら、気がついた頃には卵が尽《つ》きてしまっていたのだ。

私はげんなりしながら、捨てることもできずに平皿の上に積み上げた失敗作の目玉焼きを一枚つまんで、もそりと口にした。

「げぇ……」

白身をかじっただけで、もうすでに美味しくない。

弾力《だんりょく》があまりなく、かといって簡単に噛み切れるわけでもなく、お湯と一緒《いっしょ》にガムを噛んでいるようなねちゃねちゃとした食感だった。

「胃袋摑むとか、そういう以前の問題じゃないの……」

ひとりごちて、私はキッチンの床《ゆか》にお尻《しり》からへたりこんだ。

料理なんて自分でする必要ない、と長いこと思っていたというのに。

「あはは……」

力の抜《ぬ》けた笑いが漏れた。

まさか、こんなところで必要性を感じる日が来るとは思わなかった。

「わかった、わかったわよ」

私は半ば自棄《やけ》になりつつ呟く。

「要はこれも問題解決の要領でしょ」

仕事というのは、問題解決の連続だ。むしろそれが八割と言ってもいい。社会に出てから、嫌《いや》と言うほど繰《く》り返してきたのだ。

「やってやろうじゃないの」

そう言って、思い切り立ち上がると、またもや乳房がバウンドするようにその重さを主張した。切実に、取りはずしたい。

「心はすでに捕《つか》まえてるんだから、あとは胃袋も捕まえて、外堀《そとぼり》を埋《う》めて行かないとね」

呟いて、私は再び、皿の上の目玉焼きの失敗作を見た。

「でないと」

胸がぎゅっと痛んだ。

「私っていう選択肢《せんたくし》なんて……あっという間に弾《はじ》かれちゃうんだから」

口に出すと、苦しくなって、そして、力が沸《わ》き上がってくる。

「やってやろうじゃないの」

もう一度そう言って、私は目玉焼きを口いっぱいに頬張《ほおば》った。

咀嚼して、咀嚼して、そして飲み込んで。

「……まっずぅ」

焦げの苦みと、あまりの食感の悪さに悲鳴じみた声が漏れる。

あまりにスタートの遅《おそ》すぎた私の料理訓練は、前途《ぜんと》多難だ。

7話　掃除

休日。

カーテンを閉め切った部屋の中で、ちょっと奮発して買った薄型《うすがた》で大型のテレビの画面だけが煌々《こうこう》と光っていた。

「男は掃除ができねぇ生き物なんだよ」

主人公がヒロインに怒《いか》りを露《あら》わにしながら言った。

「男に幻想《げんそう》抱《いだ》くんじゃねえよ。目を覚ませよ」

いやいや、幻想とかじゃなくて、単純に男の部屋が汚《きたな》いのは幻滅《げんめつ》するって話でしょう。

何を逆ギレしてるんだこの主人公は。

コップに注《つ》いであったコーラを一口ごくりと飲むと、喉《のど》がちりちりと痛んで、そして舌の奥にこびりつくような甘さが貼《は》り付いた。強い炭酸の痛みも、嘘くさいくらいの甘さも嫌《きら》いではない。

コメディ調で、男と女のすれ違いを描《えが》く映画。くどくないあっさりとした笑いどころと、主演男優のおどけた演技の相性《あいしょう》が良いようで、あまり重い気持ちにならずに観《み》ることができた。

ただ、軽快さを重視するあまりに、ときどき「この状況でそんな言葉が出るだろうか」と少し違和感《いわかん》を覚えることもあり。

結果的に。

「まあ、普通《ふつう》だ」

エンドロールが終わった後、私の口からは自然とそういう感想が出た。

「映画館行かなくて良かった」

ブルーレイディスクをデッキから取り出して、私は小さく息を吐《は》く。

「男は掃除ができねぇ生き物……」

ぽろりと、映画の中の台詞《せりふ》が口からこぼれた。

初めて主人公の部屋に来たヒロインが、主人公の部屋の汚さを指摘《してき》し明らかに悪態をつくと、主人公は気分を悪くしてそう言ったのだった。

ぼんやりとその台詞を呟《つぶや》いてから私が思い出したのは、吉田先輩《せんぱい》との会社でのやり取りだ。

「三島は業務の優先順位の付け方がとっ散らかってんだよ。頭の整理ができてねぇからそうなる」

「そう言う吉田センパイは机の整理ができてないですよね」

「は？　話をすり替《か》えるんじゃねえよ」

顔をしかめる吉田先輩と、その隣《となり》で噴《ふ》き出す橋本先輩。大した内容の会話ではなかったはずだけれど、妙《みょう》にはっきりと記憶《きおく》していた。

吉田先輩のデスクはなんというべきか……物は多くないはずなのに、あまり綺麗《きれい》に見えない。

本人の必要なものが必要な場所に置いてあるデスクは、他人にも整頓《せいとん》されて見えるものだ。橋本先輩とか、後藤さんのデスクが、そんな感じ。

吉田先輩のデスクは、ＰＣ以外のすべての物が、適当に放《ほう》ってあった。特に意味もなく、無意識的にそこに置かれたものばかりなのだろうと思う。

私からしてみれば、あんなに雑然とした机の上で、あそこまでテキパキ仕事ができる方が不思議だ。

そこから想像するに、吉田先輩の部屋もあまり綺麗なものではなさそうだと思った。

「あ」

そこまで考えてから、私はサユちゃんの存在を思い出す。

そうだった。今は、吉田先輩の家の家事はすべてサユちゃんがしているという話を聞いた。

吉田先輩が言うに、毎日朝夕のご飯を作ってくれて、洗濯《せんたく》も2日にいっぺんしてくれて、掃除に至っては毎日してくれているのだという。ものすごい働きぶりだ。

「まあ、私だって好きな人の家に住んだらそれくらいはやるけどもね」

自然とそう呟いてから、何を対抗《たいこう》してるんだと阿呆《あほ》らしくなり、私はため息をつく。

吉田先輩の家。

サユちゃんが一緒に住んでいて、後藤さんも行ったことがあって、私だけは知らない家。

具体的に言語化すると、ものすごく腹が立った。

これから行くことがあるのかも分からないけれど、もし行くことがあれば、部屋が綺麗かどうかは絶対にチェックしてやろうと思った。

「いや……むしろ」

私はすう、と息を吸った。

私が吉田先輩の家に行くよりも、吉田先輩を私の家に呼ぶ方が現実的ではないかと思った。

当然だけれど、サユちゃんがいる吉田先輩の家に押し入ったところで、吉田先輩と二人きりになることはできないのだ。

私は閉めていたカーテンを思い切り開ける。

時刻はちょうどお昼を過ぎた頃だ。部屋の暗闇《くらやみ》を切り裂《さ》くように突入《とつにゅう》してきた容赦《ようしゃ》のない日光に私は目を細めた。そして部屋の中を振《ふ》り返って、軽く2回ほどジャンプしてみる。

もう一度目を細めると、部屋に差し込んだ日光に当てられて、舞《ま》い上がった埃《ほこり》の小さな粒子《りゅうし》が見えた。

「先週掃除機かけてないし……そろそろ埃がたまる頃だよね」

呟いて、私はすぐに部屋の窓を開け放った。

「掃除機！」

若干《じゃっかん》大きな声で言ってから、私はのしのしと勇み足で掃除機を取りにゆく。

思い立ったが吉日《きちじつ》だ。

徹底《てってい》的に掃除してやろう。

鼻息荒《あら》く、私は部屋中の床という床に掃除機をかけ、掃除機の入らない細い隙間《すきま》にはペーパー装着式のモップを突《つ》っ込んで埃をとり、すべてのテーブルを濡《ぬ》れタオルで拭《ふ》き、無造作に置かれたあれこれをすべて定位置に仕舞《しま》った。

「よし」

元々そんなに部屋を汚《よご》すタイプではないけれど、数時間熱中して掃除をしたら、やはり見違《みちが》えるほどに部屋が綺麗になった。

「これで文句ないでしょ」

そう呟いて、私はうんうんとひとりでに首を縦に振った。

もしこの部屋に吉田先輩を呼んだとして。

ぼんやりと妄想《もうそう》をしてみる。

玄関《げんかん》で靴《くつ》を脱《ぬ》ぎ、家に入った吉田先輩は、きょろきょろと部屋を見渡《みわた》して。

「意外と綺麗にしてるんだな」

「そうでしょう、そうでしょう。見直しましたか？」

「まあ、少しはな」

そこまで妄想して、少し頰《ほお》が緩《ゆる》む。

「…………いや、どうだろう」

そして、緩んだ頰が、また元《もと》に戻る。

吉田先輩の台詞自体はリアルだった。「まあ、少しはな」とか、めっちゃ言いそう。

でも。

「……前提がおかしい」

私は少しだけうきうきとしていた気持ちがスッと冷めていくのを感じた。

吉田先輩が、ひとの部屋にやってきて開口一番、そんな気の利《き》いた誉《ほ》め言葉を言うはずがない。

私が「部屋、結構綺麗じゃないですか？」と訊《き》いて初めて、部屋の整頓具合に目をやる程度なのではないかと思う。いや、絶対にそうだ。

そもそも、吉田先輩が私の部屋に来るだろうか。いや、来ない。

吉田先輩の家にはテレビがないのだというから、吉田先輩を誘《さそ》う切り口は自然と「一緒《いっしょ》に見たいDVDがあるんですけど……」といった感じになると思う。

ただ、そう言ってみたとして。

「俺以外に誘えそうなやついねぇのか？」

「ぷっ」

あっけらかんとそんな返事をする吉田先輩を一人で想像して、あまりにリアルすぎて噴き出してしまう。

「絶対言いそう」

独りごちて、私はため息をついた。

「吉田センパイしか誘わないっつの……」

そう付け加えて、もう一度、深いため息をつく。

再び視線を動かすと、ものすごく綺麗になった部屋が目に入る。

何時間もかけて綺麗にしたというのに、今はなんの感慨《かんがい》もないどころか、むしろ若干気分が落ちているような気さえした。

ふと、数時間前に見た映画を思い出した。そして、自然と口から言葉がこぼれた。

「吉田センパイに幻想抱くんじゃねえよ」

口に出すと、可笑《おか》しかった。

「目を覚ませよ」

付け加えて、私は一人でくすくすと笑った。

「はー……甘いもの買いに行こ」

整頓されたテーブルの上に置かれていた財布《さいふ》を手に取って、私は玄関へ向かう。

鈍感《どんかん》男に恋《こい》をすると、本当に疲《つか》れる。

そして、休日にその鈍感男を思い出して気分が盛り上がったり盛り下がったりしている時点で、自分も相当残念な人間だと思った。

近所に出かける時用のサンダルをつっかけて、家の外に出る。

「意地でも家に呼んでやる」

一種の呪詛《じゅそ》のようにそう呟いてから、バタン、と玄関のドアを閉めて。

私はひとりで、ちろりと舌を出した。

8話 出汁

仕事を終えて帰宅すると、ふわりと、味噌汁《みそしる》の香《かお》りがした。

「おかえり」

居室から沙優が顔を出して、小さくこちらに手を振ってくる。

「ただいま」

俺もそう答えて、靴を脱いだ。

「ごはんの準備できてるよ」

「おう、ありがとう」

居室にはすでにテーブルが置かれ、その上には食事が用意されている。

最近は、帰ってくると毎日こんな様子なのだ。

退社して、「今から帰る」という旨《むね》のメッセージを送ると、沙優はもう完全に俺が帰宅するまでの所要時間を把握《はあく》しているようで、帰ってきてすぐに夕飯を食べられるように準備がされている。

沙優がこの家に来てからある程度時間が経《た》ち、お互《たが》いにお互いの存在に違和感《いわかん》を覚えなくなってきた頃《ころ》ではあるが、それにしても、あまりにも順応力が高すぎるようにも思えた。

まあ、それ自体は別に悪いことではないはずだ。

洗面所で手を洗い、手早くスーツから部屋着に着替《きが》え、食卓《しょくたく》につくと、遅《おく》れて、沙優もテーブルの前に座った。

「いただきます」

いつものように二人で、手を合わせて、食事を開始する。

思った以上に沙優と二人での生活に馴染《なじ》んでしまって、なんともいえない気持ちになりつつも、どこか温かい気持ちになるのも事実だった。

誰《だれ》かと一緒にご飯を食べるのは、心地《ここち》がいい。

「……ん？」

味噌汁をずず、と啜《すす》ったところで、いつもと少しその味が違うような気がして、思わず声が出る。

向かいで食事をしていた沙優が「ん？」と小さく首を傾《かし》げてこちらを見るので、俺は思ったことをそのまま伝えることにする。

「いや、なんか今日の味噌汁、いつもと味が違う気がしてな……」

俺が言うと、沙優は何故《なぜ》か少し嬉《うれ》しそうな表情を浮《う》かべてから、首を縦に何度か振った。

「今日のはね、ちょっと『かつおだし』が入ってるんだよ」

「かつおだし」

聞いたことはあるが、自分で料理に使ってみたことも、もっと言えば、自分で買ったことすらないものだった。

「というか、入れてたの今日だけじゃないんだけどね」

「え、そうなのか」

俺の反応に、沙優はくすくすと笑ってから、また頷《うなず》く。

「いつ気付くかなと思って、少しずつ増やしてたんだよね」

「なんだその実験みたいなのは」

「どう？　美味《おい》しい？」

俺の質問を無視して、沙優が訊いてくる。

美味しいか美味しくないかと問われれば、美味しい。むしろ、美味しいと感じたから気付いたわけであって。

と、いうところまで考えて、ようやく沙優の意図に気が付いた。

「……もしかして好みの味を探《さぐ》ってた、みたいなことか？」

俺が訊くと、沙優は少し逡巡《しゅんじゅん》してから、首を縦に振《ふ》った。

「味の違いに気付くくらいの量が一番好きな味付けなのかな、って思って……」

沙優が少し照れたようにそう言うので、俺も何故かつられて恥《は》ずかしくなり、無言で味噌汁を啜った。やはり、美味しい。

子供の頃なんかは、親が出してくれるご飯について、その味付けなどを深く考えたことなんかなかったし、一人暮らしを始めてからはほとんど自炊《じすい》もしなかったので、正直、料理には疎《うと》かった。

「味噌汁って、味噌をお湯に溶《と》くだけで出来るのかと思ってた」

俺が言うと、沙優は笑って、「それだけでも全然美味しいけどね」と返してくる。

「でも、ひと手間加えるともっと美味しいよね」

沙優はそう言って、もう一口、味噌汁を啜った。

そして、ぽつりと、呟《つぶや》く。

「……これくらいしかできることないからさ」

「ん？　何がだ？」

訊き返すと、沙優はゆっくりと箸《はし》を置いて、視線をテーブルの上に落とした。

「いや、さ。この家に置いてもらって、すごく優《やさ》しくしてもらって……それに対して私が精いっぱいできるお返しって、ご飯を美味しくすることくらいしかないなぁ……って、思って」

その言葉を聞いて、俺はすぐに返す言葉が思いつかなかった。

こいつはいつも健気《けなげ》で、自分の存在価値を求めていて、そして……自己評価が、低い。

「まあ」

何を言うかも考える前に口を開く。何かを言わねば、と思っていた。

「その、なんだ……」

ぽりぽりと首の後ろを掻《か》いて、俺もテーブルに視線を落とす。

俺の向かいには沙優が座っていて、俺の方を見て、俺の言葉を待っている。

手元には白米やおかず、そして味噌汁がある。

「お前が『これくらい』って言うもののほとんどが……俺一人で生きてたら得難《えがた》いものだからさ」

素直《すなお》に、心に浮かんだ言葉を、口に出した。

「いつもありがたいよ、ほんとに」

俺が言うと、沙優は少しの間口を半開きにしてぽーっとしてから、ゆっくりと俺の言葉を理解したように、挙動不審《ふしん》に身じろぎした。

そして、少しはにかんだように笑ってから、頷いた。

「それなら……よかった、です」

沙優がそう言うのを聞いて、俺も少し、安堵《あんど》した。

「冷めるから、食べようぜ」

俺が言うと、沙優はぶんぶんと首を縦に振って、箸を持ち直す。

食事を再開する彼女をちらりと見やって、俺は小さく息を吐《つ》いた。

沙優が思っている以上に、俺は沙優に助けられているのだ。俺が沙優に対してどれだけ感謝しているのかを、きっと彼女は理解していない。

沙優のいるこの家はとても心地が良くて、「帰って来たい場所」なのだ。

彼女にとっても、そうであってほしいと、思った。

少し温度の下がった味噌汁を改めて啜る。

「うん……やっぱり、美味《うま》いな」

俺が頷くと、沙優は嬉しそうに笑って。

「じゃあ、次もこの味で作るね」

と、言った。

9話　ニットカーディガン

「ふぁ」

朝食中に、唐突《とうとつ》に沙優が間抜《まぬ》けな声を上げたので、驚《おどろ》いて彼女の方を見ると、声と同様、ものすごく間抜けな顔をしていた。

そして、次の瞬間《しゅんかん》、彼女は慌《あわ》てて箸を置いて、両方の掌《てのひら》を顔の前に寄せた。

「っぷしゅ！」

くしゃみであった。

なんだくしゃみか、と思い、味噌汁のお椀《わん》を俺が持ち直すと、再び沙優の肩《かた》がびくりと揺《ゆ》れる。

「ぷしゅっ！　……ふぁっ…………ぷしゅっ!!」

「おいおい、大丈夫《だいじょうぶ》か」

何度も繰《く》り返してくしゃみをする沙優に、俺の横に転がっていたティッシュ箱を取って渡《わた》した。

「ごめ……ありがと」

沙優はティッシュを数枚とって、ちんと洟《はな》をかんだ。

「うえー……」

力の入らない声を出して、沙優はぽいとティッシュをくずかごに捨てる。

沙優がくしゃみをしているところはあまり見ないので、少し心配になる。

「寒いか？」

「うーん……そんなに寒いって感じはしなかったけど、そうなのかなぁ」

「なんか着とけよ」

沙優が来たばかりの頃に買い与《あた》えたスウェットの寝間着《ねまき》は、夏に着るにはあまりに暑苦しいものだったので、夏の間は沙優にはTシャツと短パンを新たに買ってやっていた。今もまさにその服装で沙優は朝食をとっていたわけだが、やはり夏も終わろうとしている今の季節には少し寒いかもしれない。

「最初に買ったスウェットあったろ」

俺が言うと、沙優は苦笑いを浮かべた。

「ちょうど、そろそろ着ようかなと思ってたから、今朝洗っちゃったんだよね」

「あ？　ああ……」

言われて、ベランダを見ると、確かに沙優のスウェットが干されていた。沙優が洗濯機《せんたくき》を回してからまだ数時間しか経《た》っていない。さすがに生地《きじ》の厚いスウェットはまだまだ乾《かわ》いていないだろう。

あのスウェット以外は、夏に向けて買った服ばかりだったので、今すぐ羽織れそうな沙優の服は他《ほか》にはなさそうだ。

「うーん……」

俺は箸を置いて立ち上がり、クローゼットを開ける。

適当に羽織れそうなものでもあればよいと思って探してみるものの、そもそもお洒落《しゃれ》に頓着《とんちゃく》のない人間であるため、「ちょっと羽織る」というような服を持っていないのだ。

家にいる間は部屋の温度をエアコンで調整して、夏だろうが冬だろうがシャツ一枚で過ごしているし、休日の外出なんてものはせいぜいコンビニやスーパーに行くくらいのものので、それくらいの外出なら、シャツの上から厚手の上着を着て出て行ってしまうのだ。そして、平日は言わずもがな、スーツでの外出だ。

服を探しながら、いかに自分が華《はな》の無い生活を送ってきたかを回想して悲しくなってくる。

「お？」

だんだんと希望を失いつつも、それでもクローゼットの中を一枚一枚見ていくと、それらしい服が一枚出てきた。

「カーディガンか、これ」

引っ張り出して、ハンガーから取りはずすと、黒いニットのカーディガンだった。

しかし、手に取ってみても、妙《みょう》な違和感《いわかん》があった。

買った覚えがないのだ。正直に言って、自分の趣味《しゅみ》にも合わないし、そもそも何と合わせる想定でこんなものを買ったのかも分からない。合いそうな服と言えばYシャツくらいのものだが、会社にこんなカーディガンを着て行ったことはない。

そして一番気になるのは、サイズが明らかに小さいことだ。俺がこれを着たら明らかに肩が突《つ》っ張ってしまいそうだった。

……だが、既視感《きしかん》だけはある。

不思議な気持ちになりながらも、まあ今はそれは重要ではないと思い直す。

俺にとっては小さくても、沙優が着られれば問題はない。

「とりあえずこれ着とけよ」

テーブルに戻《もど》って、沙優にカーディガンを渡すと、沙優はそれを広げてまじまじと見た。

「……なんか吉田さんっぽくない服だねぇ」

「だよなぁ。買った覚えないんだよな、それ。まあ、お前にとっては小さくないだろうし、とりあえず羽織っとけよ」

「ん、ありがとー」

沙優はぷちぷちとカーディガンのボタンをはずして、ゆっくりとそれに袖《そで》を通した。

「……」

沙優がカーディガンを着ると、やけにサイズ感が合っていて、余計に違和感と、そして妙な既視感が胸中に沸《わ》き起こった。

なんだ、この感覚は。

沙優は、前のボタンはとめなおさないまま、両手をパッと広げて、自分の上半身を見下ろしている。

「なんか、思ったよりいい感じのサイズ感だ。これ女性サイズじゃないかな」

「え？」

「吉田さんが着るにはちっちゃすぎだよこれ」

沙優はそう言ってから、唐突に、すんすんとカーディガンの匂《にお》いを嗅《か》いだ。そしてすぐに、眉《まゆ》を寄せる。

しかめ面《つら》のままこちらを見てくる沙優に、俺は首を傾《かし》げた。

「ん？」

「吉田さん……このカーディガン」

「臭《にお》うか？」

「いや、そうじゃなくて」

沙優は不自然にきょろきょろと視線を動かしてから、言った。

「なんか、吉田さんじゃない匂いがする」

「は？」

沙優の突拍子《とっぴょうし》もない発言に、思わず険のある声を上げてしまう。沙優も俺の反応に、あわてて手を横に振《ふ》った。

「いや別に私が吉田さんの匂いを嗅ぎ慣れてるとかそういうことじゃないんだけどほら同じ空間にいるとやっぱり匂いって分かるわけよ吉田さんだって私の匂いちょっとは分かるでしょ」

「いやすまんすまん、責めてないから、そんなに早口で弁明しなくていいぞ」

なんとなく、彼女の言わんとしていることは分かる。俺も、同じシャンプーを使っているはずなのに、沙優からはやけにいい匂いがすると感じることがあるし、おそらくそういう感覚と同じだ。

「吉田さん、洗剤《せんざい》って変えたことある？」

「いや、ないな。ずっと同じの使ってるぞ」

「だよね、じゃあやっぱこれなんか違《ちが》う匂いするよ。吉田さんのじゃないんじゃないの」

「いやそうは言っても俺以外の服なんて俺の家にあるわけ……」

そこまで言ったタイミングで、俺の脳に電撃《でんげき》のような閃《ひらめ》きがあった。

沙優が少し余り気味の袖を丸めて、匂いを嗅いでいる映像が、過去の記憶《きおく》に重なったのだ。

ああ……そうか。

気付いた瞬間に、なぜまだ持っていたのか、という気持ちと、なぜ忘れていたのか、という気持ちが同時に起こる。

「……え、どしたの」

沙優の表情が唐突に曇《くも》った。

「へ？　どうしたのって何がだよ」

「なんか、急に鼻の下伸《の》びたよ」

沙優の視線が、じとっとしたものに変わった。

しまった、と思ったがもう遅《おそ》い。俺は表情に出やすいのだ。

「なに、誰《だれ》のなのこれ。思い出したんでしょ」

「いや、その……」

一度だけ、橋本を含《ふく》む会社の同僚《どうりょう》数名と呑《の》んだ時に、そのままうちに泊《と》めたことがあった。その時、一人だけ、当時かなり仲の良かった女性の同僚が交ざっていて、彼女が酒盛り中にそのカーディガンを脱《ぬ》ぎ、忘れて置いて行ってしまったのだ。

今度返そう、と思っているうちに何度も何度も忘れ、返すことすら忘れているうちに、その同僚は他の支部へ異動になってしまった。

そして、返せなくなってしまったカーディガンを、捨てることもできずに、クローゼットにしまったままにしていたのだ。

会社でもなんともふわふわとしたイメージで通っていた彼女は、いつも袖の若干《じゃっかん》余ったカーディガンを身に着けていた。そして、その姿が今沙優と重なったのだった。

「いや……結構前に、同僚を家に呼んだことがあってな」

事情を沙優に説明すると、さきほどまで平然としていた沙優の表情がどんどんと不機嫌《ふきげん》なものに変わって行った。

「ふうん……つまり仲良かった女の子の服を大事にとっておいてたわけね」

「間違ってねぇけどなんか誤解を生む言い方な気がするぞ」

「それで、ときどき取り出して匂いを嗅いだりしてたわけね」

「してねえよ!!」

「しかもあたかも『今まで忘れてました』みたいな顔しちゃってさ」

「ほんとに忘れてたんだよ!」

俺の弁明に対して沙優は依然《いぜん》としてじとっとした視線を返してくる。

「可愛《かわい》かったんだ、その同僚さん」

「はぁ? そんなこと言ってないだろ」

「でも鼻の下伸びたもん。好きだったんでしょ」

「いやいや、俺はその頃《ころ》から後藤さんが好きだったんだ」

「ふぅーん、後藤さんが好きだったのに他の女の人を家に入れたわけね、節操ないんだ」

「それを言うなら……」

お前だって、と言いかけて、言葉が止まった。

いや、こいつは、ただの女子高生だ。

沙優も、俺の言わんとしている言葉を理解したらしく、少し顔を赤くして、わざとらしく咳《せき》ばらいをした。

「ま、まあ、過去のことはいいとしましょう」

「なんで上からなんだ」

「ど、どのみちこれはもう返せないんだよね？」

「まあ、連絡先《れんらく》も知らないしなぁ……滅多《めった》なことがなければ返せねぇと思うぞ」

俺が言うと、沙優はなんとも言えない表情で何度か頷《うなず》いて、小さな声で呟《つぶや》いた。

「じゃあ……これは私が着ます。へ、部屋着にする」

「どうぞお好きに。風邪《かぜ》ひかれても困るしな」

「うん……」

沙優はこくこくと頷いてから、カーディガンの裾《すそ》で口元を隠《かく》しながら、さらに小さい声で言った。

「……私の匂いつけとく」

「あ？」

さすがに、いくら小さな声だからといっても、これだけ狭《せま》い部屋ならばしっかり聞こえてしまう。

「……お前の匂いつけて……どうすんだよ」

反射的に訊《き》いてしまってから、自分でも、何だこの質問はと思った。

そして沙優も、途端《とたん》に顔を真っ赤にして、俺をじっと見る。

「……ど、どうするんですか」

沙優のその質問に、俺はどうも答えることができずに、数秒間口をぱくぱくとさせて沈《ちん》黙《もく》した。

「ど」

そして、ほぼヤケクソ気味に、答える。

「どうもしねぇよ！　ずっと着てろ馬鹿《ばか》」

俺が言うと、沙優は顔を赤くしたままくすっと笑った。

「うん、着てる」

それだけ答えて、沙優は再び箸《はし》を握《にぎ》って、食事を再開した。

俺も、なんとも小恥《こは》ずかしい気分のまま、それをごまかすように味噌汁《みそしる》を啜《すす》る。

どうして朝からこんなに恥《はじ》をかかねばならないのか。

かつての同僚を脳内で何度も呪《のろ》った。

そして、カーディガンを羽織っている沙優がやけに可愛らしく見えるのも、無性《むしょう》に腹が立った。

俺は密《ひそ》かに、今度必ず、別の部屋着を買わせに行こう、と、固く決意するのであった。

10話 ワンピース

休日。

午前中に沙優がバイトで出て行ってしまうと、大抵《たいてい》俺は二度寝《にどね》を決め込むのだが、今日は違った。

沙優が家を出て行った音で目が覚めて、やけにはっきりと意識が覚醒《かくせい》してしまったので、仕方なく身体《からだ》を起こした。

テーブルの上に、ラップをかけられたお皿が並んでいるのを横目に、洗面所に向かい、顔を洗う。

珍《めずら》しく起床《きしょう》後すぐにしっかり空腹を感じたので、さっそく沙優の作ってくれた朝食のラップをはがした。

ラップについた水滴《すいてき》がぽたぽたとテーブルの上に落ちて、皿の上のニラタマと焼いたソーセージからはほんのりと湯気が上がっている。

家を出る直前に作ってくれていたようで、おそらく完成してからまだ10分そこらしか経《た》っていないだろう。

おかずがまだ温かいことにちょっとした幸福感を覚えながら、自分用の茶碗《ちゃわん》に白米をよそって、テーブルの前に座った。

「いただきます」

一人で手を合わせて、朝食をとった。

沙優の作るご飯は、いつも美味《うま》い。


朝食をとり終えて、皿を洗ってから、ベッドの上でノートPCをいじくる。

ニュースサイトを開き、有名人の不倫《ふりん》や物騒《ぶっそう》な事件など、世の中の関心ごとをぼんやりと眺《なが》めていると、視界の端《はし》に妙《みょう》に存在感のある広告が映った。

『この旨《うま》さ、格別。』

という煽《あお》り文句と共に、ドドン、と大きくビールジョッキが写っている。

俺は鼻を鳴らして、広告をクリックする。

ビールの広告はいつもいつも、「格別」とか「一味違う」とか書いてあって、抽象《ちゅうしょう》的だ。

どこがどう違うのかは、広告だけではさっぱり分からない。「コク」とか「キレ」とか

「辛口《からくち》」とか書いておけばオッサンはみんな食いつくと思っているのだ。

まったく、その通りである。

大味なフォントで『旨い』というようなことが書いてあって、その後ろにたっぷりと汗《あせ》をかいたビールジョッキが写っているだけで、俺の喉《のど》はひとりでにごくりと鳴った。

「ううん……」

低い声が漏《も》れる。

ちらりと時計を見やると、時刻はまだ午前10時を回ったところだった。

休日の昼前からビールを飲む。

これほど贅沢《ぜいたく》で幸せなことがあるだろうか、いや、ない。

そう思った途端に、いつものような休日特有の『けだるさ』は吹《ふ》き飛び、俺は軽いフットワークでクローゼットへ向かった。適当なシャツとズボンを引っ張り出して、身に着ける。

洗面所の鏡の前に立ち、寝ぐせを櫛《くし》でとかして、ひげを剃《そ》った。

財布《さいふ》と家の鍵《かぎ》をひっ摑《つか》んで外に出ると、もう秋も近いというのに湿度《しつど》の高いじめっとした空気に包まれて、自然と顔をしかめた。

「残暑ってのもしつこいやつだなぁ」

ぼやきながら家の扉《とびら》の鍵を閉めて、俺は駅前スーパーへと向かった。

明らかに買いすぎた。

ずしりと重いビニール袋《ぶくろ》を右手に持って、足取り重く自宅へと引き返しているところで、若干の後悔《こうかい》が頭の中に生じる。

いや、しかし、新発売の缶《かん》ビールがずらりと並んでいる売り場というのはどうにも興奮してしまうもので、その結果いつも買う量の倍に近い本数を籠《かご》に入れてしまったのも仕方のないことだったと思う。

あの場で冷静でいられる人間はそもそも、わざわざ休日に缶ビールを買いに行くためだけに駅前スーパーまで出向いたりはしないのだ。

とはいえ、あの明らかに冷静さを欠いた衝動買《しょうどうが》いのおかげでこうしてじっとりと汗をかきながら家に帰る羽目になっているし、夕食を作るために冷蔵庫を開けた沙優に小言を言われるのも目に見えている。

沙優が帰ってくるまでに数本は空けておこう……と、そんなことを考えながら歩いていると、ふいに普段《ふだん》あまり聞き慣れない音が耳に入って来て、視線が自然と上がった。

キイキイと、金属が軋《きし》む音が聞こえている。音の発信源は俺の左側にあった小さな公園だ。本当に、ささやかに余った土地を無理やり公園にしたような場所で、小さな子供が遊ぶスペースとして設けられているようだが、子供が遊んでいるところはあまり見たことがない。

キイキイと鳴っていたのは、端に設置されているブランコだ。

つい立ち止まってブランコをじっと見てしまう。

ブランコを揺《ゆ》らしていたのは、小さな子供ではなく、高校生くらいに見える、私服姿の少女だった。

その少女にどうも見覚えがあるような気がして、俺は自然と公園の方へと歩き始めた。

わざとらしい色の金髪《きんぱつ》に、小麦色の肌《はだ》。

「なにやってんだ、お前」

公園に入って声をかけると、ぼーっとしていた少女はびくっとした様子で顔を上げて俺を見た。

「よ、吉田っち」

「ブランコとか乗るキャラだったたか？　お前」

驚《おどろ》いたように口をぽかんと開けているあさみに言うと、彼女はすぐにムッとしたような表情を浮《う》かべた。

「う、ウチだってブランコ乗りたくなる時くらいあるし」

「その割には随分《ずいぶん》適当に漕《こ》いでたじゃねえか」

「うるせーし。というか吉田っちも休日に出かけるなんて珍しいんじゃ……」

言いながらあさみは視線を俺の持っているビニール袋に落とした。

「……ナルホドね」

「おい、可哀想《かわいそう》な酒浸《さけびた》りのオッサンを見るような目はやめろ。いつもはこんなに買わないんだぞ、いつもは」

「いやなんも言ってねーし」

そう言って、あさみがようやく表情を和《やわ》らげたので、俺は少しホッとした。

ブランコに乗っている少女があさみであることはすぐに気が付いたが、明らかに、いつもとは様子が違《ちが》った。端的《たんてき》に言って、暗い雰囲気《ふんいき》をまとっていたのだ。

元々、時々感情の読めない表情をすることがある娘《むすめ》ではあったが、あれほど露骨《ろこつ》に暗い表情をしている彼女を見たのは初めてのように思う。

それに、目の前のあさみはどこかいつもと決定的に違う部分があるような気がして、やけに違和感《いわかん》を覚える。

何がそんなに引っかかるのかと思って彼女をじっと見ると、すぐに違和感の正体に気が付いた。

「……ああ、私服か」

「え、なに」

あさみが訝《いぶか》しげに俺に視線を送ってくるので、俺はブランコを囲む背の低い柵《さく》に腰掛《こしか》けながら答えた。

「いや……そういえばあさみの私服って初めて見たなぁと思って」

俺が言うと、あさみはぎょっとしたような表情を浮かべた後に自分の衣服に視線を落として、そして自分の身体を抱《だ》くように腕《うで》を交差させた。

「あ、あんま見んなし……」

「なんでだよ」

「テキトーに選んで出てきちゃったから」

あさみは少し恥《は》ずかしそうに唇《くちびる》を噛《か》んで、うつむいた。

彼女が着ているのは、上品なレースの刺繍《ししゅう》が施《ほどこ》された、膝上《ひざうえ》あたりまでの丈《たけ》のある真っ白なワンピースだった。

正直、俺からすると、『適当』と言うには上等すぎるもののように見える。

「に……」

あさみが唐突《とうとつ》に口を開く。

上目遣《うわめづか》いの視線と、俺の視線がかち合った。

「似合ってない、とか、思ってるべ」

「見るなって言っといて感想求めるのはどういうことだよ……」

「分かってるし、こういうの似合わないってことくらい……」

「いやなんも言ってないだろ」

覚えのある言葉の応酬《おうしゅう》の後、またあさみは黙《だま》りこくってしまう。

やはり、どこか、いつもとは違う重苦しさがあさみにまとわりついているように見えた。

「……なんかあったのか」

訊《き》くと、あさみはブランコの鎖《くさり》をぎゅっと握りしめた。

「……まあ、ちょっと」

「そうか」

どうしたんだ、と訊いてやるべきなのかと考えたが、俺は開きかけた口を噤《つぐ》んだ。

言いたければ、自分で話し始めるだろうと思ったのだ。言いたくなければ、言わなくてもいい。

空を見上げると、気味が悪いくらいに青かった。雲がほとんどなく、絵の具で塗《ぬ》ったような水色が一面を覆《おお》っている。

特に理由もなく、唐突に「あ、飲むなら今だな」という思いが沸《わ》き上がって、俺はビニール袋から缶ビールを一本取り出した。

「呑《の》み始めるなし」

「俺の勝手だろ」

あさみが咎《とが》めてくるが、その声はどこか気の抜《ぬ》けたもので、明確な糾弾《きゅうだん》ではないのが伝わってきたので、俺も気にせず缶のプルタブを上げて、ビールを呷《あお》った。少しぬるくなっているが、宣伝の通り、麦の香《かお》りが濃《こ》く、炭酸のキレも強かった。

「……あぁ」

ため息のような、うめき声のような音を喉の奥から漏らすと、あさみが失笑《しっしょう》した。

「オッサンくさ」

「女子高生から見たら実際オッサンだろ」

俺の返事に、あさみはさらにくすくすと笑ってから、小さくため息を吐《つ》いた。

「吉田っち」

「ん？」

あさみは俺を呼んでから、また数回キイキイとブランコを、前に後ろに、漕いだ。

そして、口ずさむように言った。

「早く大人になりたいな」

俺はどう返事して良《い》いものか迷って、沈黙《ちんもく》の間を埋《う》めるように、ビールを口に含《ふく》んだ。

麦の香りが鼻を抜けてゆき、ごくりと飲み込むと、喉がじわりと痛んだ。

「大人はいいぞ」

俺が言うと、あさみの視線が俺の横顔に刺《さ》さるのを感じた。

「何やったって全部自分の責任だしな。なんというか……子供の頃《ころ》よりずっと自由だ」

誰《だれ》にとってもそうだ、とは言えないことではあるが。少なくとも俺は、自分の行動を自分で選択《せんたく》できるということに関して、『自由』というのはとても気持ちが良いことのように思った。

誰かに言われてそうするのではなく、自分が選んでそうする。

選択して選択して、日々を過ごす。

それはとても解放的で、そして。

「ただ……」

俺は、もう一口ビールを呷る。どんどんと、缶が軽くなる。

あさみはじっと、俺の言葉の続きを待っていた。

缶を口から離《はな》し、鼻の奥から麦の香りが消えた頃に、俺は言った。

「自由って、なんていうか……孤独《こどく》だよ」

俺が言うと、あさみは驚いたように目を丸くした。

「大人になると急に思い知るんだ。あ、ここからは一人で歩くんだな、って。親とか学校の先生とかにとやかく言われてた頃が少し懐《なつ》かしくなる。構われたいなって思う。高校生に戻《もど》りてぇなぁ、って思ったこともあったな」

俺は苦笑いを浮かべて、言葉を続けていく。沙優が家に転がり込んで来る前は、ときどき、高校生に戻れたら、なんてことを考えていたのを思い出した。

「でも……もう絶対に高校生には戻れない」

俺が言うと、あさみはじっと俺の目を見た。

何度視線を合わせても思うが、彼女の瞳《ひとみ》は本当に不思議だった。好奇心旺盛《こうきしんおうせい》で、相手の言葉の、そのさらに奥の奥を覗《のぞ》こうとするような、そんな光が宿っているように見える。

「だから、大人は最高だが……大人になるまでは子供でいたほうがいい」

俺は言い切って、ビールを呷った。

言葉の合間にどんどんと飲んだものだから、あっという間に一本飲み切ってしまったようだ。空になった缶《かん》を横に振《ふ》っていると、あさみがブランコを漕ぐ音が耳に入ってくる。

「吉田っちってさ」

ブランコを漕ぎながら、あさみが口を開いたので、自然とそちらに視線が向いた。

しかし、タイミング悪く、あさみがこちらに向かってブランコを漕いだところだったので、ワンピースの裾《すそ》がひらりとめくれて、下着が見えた。

薄緑《うすみどり》、と、思いながら、目を逸《そ》らす。

「先生とか向いてそう」

「あ？　先生？」

「そ、高校教師とかやってそう。はは、ウケる」

「いや、ガキ苦手だしな、無理無理」

俺の返事にけらけらと笑って、あさみはブランコからぴょいと飛び降りた。

「吉田っちが担任だったら、ウチ、惚《ほ》れてたかも」

「はぁ？」

素《す》っ頓狂《とんきょう》な声を上げる俺をよそに、あさみは柵をひょいとまたいで公園の出口へと向かってゆく。

「おい、帰んのか？」

「そ、硬《かた》いブランコずっと座っててケツ痛くなってきたし」

「華《はな》の女子高生がケツとか言うなよ……」

あさみはくすくすと笑ってから、俺を振り返って、いつものものとは少し違う柔《やわ》らかな笑顔《えがお》を見せた。

「吉田っち、あんがとね」

「……おう」

なぜだか、照れくさい気持ちになり、俺は彼女から視線を逸らして頷《うなず》いた。

言うべきことは言ったとばかりに、すたすたと公園を出ていくあさみを見送っていると、ふと、まだ言っていないことがあると思い出した。

「おい！　あさみ！」

もうすでに公園を出ていたあさみに大声で呼びかけると、あさみがこちらを振り返った。

「なんだし！」

俺はぽりぽりと鼻を搔《か》いてから、言う。

「そのワンピース、結構似合ってるぞ！」

細かい表情の変化は見えなかったが、あさみは数秒間固まってから、自分の服に目を落として、そしてまた顔を上げた。

「うっせばーか！」

明らかに照れ隠《かく》しの返事だったが、あまりにあさみらしい言葉だったので俺は噴《ふ》き出してしまう。

乱暴に手を振ってから、あさみはさっきよりも早足で公園前の道路を歩いて行った。

姿が見えなくなるまで見送ってから、俺はちらりとさきほどまであさみが漕《こ》いでいたブランコに目をやった。

そして、そそくさと移動して、ブランコに座る。

ゆっくりと漕ぐと、重心が前に後ろにとずれて、自分がずっしりと重い成人男性であることを意識させられた。

「……大人も子供も、いろいろと大変だなぁ」

呟《つぶや》いて、ブランコを降りる。

沙優も、あさみも、いつでも無邪気《むじゃき》に笑っているわけではない。それぞれの事情があり、たびたび、それに苦しめられている。それでも、生きていかなければならないし、その苦しみを誰かが肩代《かたが》わりすることはできない。

「……飲みなおすかぁ」

ずしりと重いビニール袋《ぶくろ》を持ち直して、俺も家路についた。

「……それにしても」

先ほどの光景を思い出しながら、非常に小さな声で、つぶやく。

「白ワンピに薄緑の下着ってのは……悪くないな」

誰かに聞かれたら、確実にアウトである。

11話 デニムショートパンツ

「どうかと思うんですよね……」

出合い頭《がしら》の台詞《せりふ》が、それだった。

「なにがだよ」

俺が眉《まゆ》を寄せると、三島はさらに不機嫌《ふきげん》そうな表情を浮《う》かべて、俺の上半身をビシッと指さした。

「その服ですよ！」

「え、変か？」

「変……じゃ、ないですけど」

「なんだよ」

訊《き》き返すと、三島はじれったそうにトントンと足踏《あしぶ》みをして、声を荒《あら》らげた。

「どう考えても適当ですよね！　クローゼットからペッと取り出して『ま、これでいいか』みたいな感じでしょ！」

「なんだお前……エスパーか？」

「最悪！」

三島は依然《いぜん》としてプリプリ怒《おこ》っている。

確かに彼女の言う通り、クローゼットから取り出して「ま、これでいいか」と言いながら着てきた服ではあるが、だらしなく着崩《きくず》れしたり、しわが寄ったりしているわけでもない。

最寄《もよ》り駅に映画を観《み》に来る格好として、そこまでおかしなものではないように思えた。

「Tシャツにジーンズ……休日に女性と会うのにTシャツにジーンズ……はぁ」

「そんなに嫌《いや》だったのか。まだ時間あるし1回帰って着替《きが》えてこようか？」

「いいですよもう！　吉田センパイ的には、最寄り駅に映画観に来ただけですもんね！」

「やっぱお前エスパーか……？」

「はぁ……行きましょう。今日は休日なので早めに入っとかないと混《こ》みますよ」

三島は明らかに不満顔のまま、すたすたと歩き始めた。

どうやら、俺の服装は彼女のお眼鏡《めがね》にはかなわなかったようで、怒らせてしまったようだった。

そういう三島は、少し厚手の青いチェックシャツに、デニム生地《きじ》のショートパンツという服装で、なんというか、いつもとは印象が違《ちが》う。

私服の彼女は何度か見たことがあるが、いつもは長い丈《たけ》のズボンを穿《は》いている印象があったので、こういう服も着るんだなぁ、と、思った。

「でも」

三島が急に口を開いたので、彼女の横顔に視線をやると、彼女もちらりとこちらを見て、少し唇《くちびる》を尖《とが》らせて言った。

「ひげは剃《そ》って来たんですね」

「ん？　ああ……」

意識するよりも先に、右手で顎《あご》をさすっていた。家を出る直前に剃ったので、つるりとしている。

「まあ、さすがに女の子と会うのに剃らないのはな」

俺がそう答えると、三島は一瞬《いっしゅん》挙動不審《ふしん》に視線をうろうろさせてから、睨《にら》むように俺を見た。

「そういう感覚があるなら、服ももうちょっと頑張《がんば》ってくださいよ」

「ええ……」

ひげを剃るのと気合いの入った服を着るのはまた別の次元の話のような気がするのだが、三島の中ではそうではないようだった。

次三島と待ち合わせをすることがあれば、もう少しマトモな服を着てこようと思った。

映画館に着くと、さすがに休日というだけあって、ロビーはかなり混雑していた。

「休日だからってこんなに映画観に来るもんかね……」

「センパイもその一員ですよ」

「あ、そうか。俺も映画観に来たんだったな」

「しっかりしてくださいよ、もう……」

三島は呆《あき》れた表情を隠しもせずに肩《かた》をすくめた。

「何か飲みます？」

「ああ……お茶でも買っとくかな。お前もなんか飲むなら一緒《いっしょ》に買うぞ」

「じゃあ……」

三島は何かを言いかけて、はっとしたように言葉を止めた。そして、首を横に振った。

「いや……あんまり喉《のど》も渇《かわ》いてないですし、私はいいです」

「そうか？　じゃあ俺の分だけ買うか。一番小さいやつにしとこう」

ロビーの混雑の割には、飲食物の購入《こうにゅう》列は思ったよりも短く、すぐに買うことができた。カップの半分以上氷の入っている烏龍茶《うーろんちゃ》を手に持って、氷抜《ぬ》きで、と言えばよかったと若干後悔《じゃっかんこうかい》する。こんなに氷を入れなくたって、そもそもドリンク自体が冷やされているのだから十分冷たいだろうに、と思いながらも、まあ店側のコストパフォーマンスで考えれば氷をたくさん入れるのは妥当《だとう》な手段なのだろうとも思う。

ドリンクを買い終わったタイミングで、ロビーに、開場のアナウンスが鳴った。アナウンスされているのはちょうど俺たちが見ようとしている映画を上映する予定のシアターだった。

「ちょうどいいタイミングだったな」

「ドリンクすんなり買えてラッキーでしたね」

二人で頷いて、指定されたシアターへと向かう。

三島があらかじめとっておいてくれたチケットを受け取って、指定された席に向かうと、シアターのほぼ真ん中の位置だった。

「見やすそうな位置だ」

「いい席取るのも大事ですから」

「さすが映画好き」

軽口のような褒《ほ》め方をしたが、三島はまんざらでもないように「へへ」と笑った。

開場してすぐに入ったので、シアター内もまだ明かりがついていて、周りがよく見える。

ちらほらと入場してくる客をぼんやりと見ながら、少し手持ち無沙汰《ぶさた》になって、何口かドリンクを飲んだ。やはり、たくさん氷が入っている烏龍茶は、少し味が薄《うす》く感じる。

「あ、あー」

隣《となり》の三島が急に声を上げたので視線をやると、三島は俺がホルダーに戻《もど》した烏龍茶をじっと見ていた。

「どうした」

「いや、その」

三島はどこか挙動不審な様子で首の後ろを掻《か》いてから、ちらりとこちらを見て、言った。

「やっぱり喉が渇いたかもしれません」

「まじか。まだ間に合うし、買いに行くか？」

俺が訊くと、三島はぶんぶんと首を横に振《ふ》る。

「いやいや、そんなド派手に喉渇いたわけじゃないんですけど」

「なんだよド派手に喉渇くって」

「ちょ、ちょっとだけ渇いたなぁって」

そうして、ちらちらと俺の烏龍茶を見る三島。

「……いや、別に飲みたいなら飲んでいいぞ。そんな遠回しに」

「え！　いいんですか！」

「むしろ一人じゃちょっと多いなと思ってたくらいだ」

「そ、そっかぁ……」

俺の言葉に、三島はロボットのようにぎくしゃくと頷《うなず》いてから、そろりとカップを手に取った。

「それじゃ、お言葉に甘えて」

「おう」

三島がストローに口をつけるのを見て、俺はなんとなく目を逸《そ》らした。

いわゆる間接キスというものになると思うのだが、三島はあまり気にしないタイプのようだ。相手が気にしないのに、こちらだけ気にしているというのもなんだか恥《は》ずかしいので、俺も気にしないことにする。

映画館のロゴが映っていたスクリーンに、新たに映画鑑賞《かんしょう》の注意事項《じこう》のムービーが流れ始める。私語厳禁、喫煙《きつえん》禁止、前の席を蹴《け》るな、携帯電話《けいたいでんわ》の電源は切れ、という基本的な内容が、ポップなCGアニメーションで表現されている。

注意喚起《かんき》の映像が終わって、スクリーンから意識が途切《とぎ》れると、隣の三島が微動《びどう》だにしていないことに気が付いた。横目で見ると、三島はいまだにストローをくわえたままだった。

三島がドリンクを口にしてから少なくとも1分以上が経《た》っている気がする。

「おい、さすがに飲みすぎだろ」

俺が言うと、三島の肩が思い切り跳《は》ねた。それを見ていた俺も驚《おどろ》いて少し跳ねてしまう。

「どうした！」

「の、飲んでないです！」

「はあ？」

「い、いや、飲みました……」

「どっちだよ」

「飲んだんですけど、今までずっと飲んでたわけではなくて」

三島にしては珍《めずら》しく、彼女の言葉は要領を得なかった。

「あの、え、映像に見入っちゃってて」

「そ、そうか……」

確かに、俺も映像には意識をとられていたので、きっと三島も同じだったのだろう。

「ストローくわえたまま見入っちゃうなんて子供みたいで可愛《かわい》いな」

俺が言うと、三島は顔を赤くして、ドリンクをホルダーに戻した。

「ば、馬鹿《ばか》にしないでください」

「別にしてねぇよ」

シアターに入った後の三島はどこかそわそわとした様子で落ち着きがない。

急にどうしたのだろうかと思っていると、ぴったりと脚《あし》をそろえて座っていた三島が突《とつ》然《ぜん》脚を組んだ。

スラッとした三島の脚が、片側の脚に乗ったことによって急にその肉感を主張する。見てはいけないものを見た気分になって、咄嗟《とっさ》に目を逸らした。

普段《ふだん》は意識しないが、やはり三島も女性だ。あまり脚をじろじろと見ていては気分を悪くさせかねない。

いつの間にか始まっていた、映画館にしては比較的《ひかくてき》小さな音量での映画予告編に目を移す。まだシアター内の明かりは落ちていないが、こういうタイミングでも予告を流すのだなぁ、と思った。

「ん、んんッ……」

隣の三島が咳《せき》ばらいをした。

もぞもぞと、脚を組み替《か》えているのが視界の端《はし》に見えていた。座りづらいのだろうか。

何か言おうと思ったが、何を言うべきか分からず、再び俺はスクリーンに集中する。恋《れん》愛《あい》映画の予告編が流れている。

「んッ」

再び咳ばらいが隣から聞こえて、視線をやると、三島がもう一度脚を組み替えた。

「……トイレを我慢《がまん》してるのか？　それなら今行った方がッ……！」

肘鉄《ひじてつ》を食《く》らって、俺の言葉は途切れた。

「な、なん……！」

「ほんっとわかんない人ですね……！」

「わかんないのはお前だろ……！」

小声ながらにお互《たが》い顔をしかめながら言葉をぶつけ合っていると、脚を組んでいたせいでバランスが崩《くず》れたのか、三島の重心がふらりとこちらに傾《かたむ》いた。

「あぶね……！」

慌《あわ》てて三島の肩を摑《つか》んで受け止める。

はっとしたように顔を上げた三島と、至近距離《きょり》で目が合った。

「あ……っと……す、すみません」

「お、おう……」

三島は急にしおらしくなって、身体《からだ》を自席の方へとひっこめた。

俺も、手に彼女の肩の感触《かんしょく》が残っていて、なんとも言えない気持ちになった。三島の肩は華奢《きゃしゃ》で、なんというか、やはり自分とは違《ちが》う生物なのだな、というふわっとした感想が胸の中に起こる。

「あの……」

三島がおずおずと俺の腕《うで》をつつく。

「うん？」

横目で三島を見ると、三島はうつむいたまま自分の髪《かみ》の毛をいじって、そして聞こえるか聞こえないかくらいの音量で、言った。

「今日の私の服装……どうですか」

その問いに、俺ははっとする。

俺の服装についてやけに食ってかかってきたのも、俺より先にすたすた歩いていたのも、脚を何度も組み替えていたのも、彼女の服装についてのコメントが欲しかったからということだったのかもしれない。

こういうことにすぐ気付けないから、俺は今まであまりモテたことがないのだろうなぁ、とため息をつく。

この手の問いに対しては、素直《すなお》に答えるのが一番いいと思った。

「なんというか、健康的でいいと思うぞ」

俺は、ぼそぼそと答える。

「その……普段とはイメージ違って、ちょっとドキッとした」

そう言うと、三島はさらにうつむいて、その横顔を完全に髪の毛で隠《かく》してしまった。

また気分を損《そこ》ねることを言ったかと思いヒヤヒヤしていると、三島がぽつりと言う。

「素直に最初から訊《き》いておけば良かったです」

「え？」

三島は、ふっと顔を上げて、そして、子供のような笑顔《えがお》を見せた。

「やっぱ吉田センパイにはなんでもはっきり訊かないとダメですね、へへ」

その笑顔は今まで見た彼女の表情の中でも一番素直に見えて、どきりとする。

「そ、そうだよ……回りくどく訊かれても俺は気付かないぞ」

「いや、胸張ってそんなこと言われても」

三島は調子を取り戻したようにけらけらと笑って、スクリーンを指さした。

「そろそろ明かり落ちそうですよ」

彼女がそう言ってすぐに、本当にシアターの明かりが落ちて、改めて映画の予告編が始まった。

三島がスッとスクリーンの方に意識を集中させたのが分かった。俺も、三島から視線を離《はな》して、スクリーンを見る。

なんだか、映画を観《み》る前に随分《ずいぶん》と疲《つか》れてしまった気がする。

ぼんやりと、予告編を見ながら。

さっきの三島の笑顔と、そして、彼女のスラッとした脚が脳内に思い起こされて、俺は一人、咳ばらいをした。

12話 キャメルスカート

ぐいっ、と力を入れてチャックを閉めてみて、すぐに分かった。

「ンッ……これは……ンンッ！」

若干強引《じゃっかんごういん》にチャックを上まで上げきって、ボタンを留めて。

無意識のうちにめいっぱい吸い込んでいた息を、ゆっくりと吐《は》きだす。

ジーンズにぴったりと包まれた太腿《ふともも》を触《さわ》ってから、続けて、お尻《しり》を触る。

昔から、パンツはスキニーなものを穿《は》くのが好きだった。それが自分に似合うと分かっていたから。

しかしスキニーパンツというのは非常にシビアなパンツで、身体のサイズが変わってしまうと見栄《みば》えが悪くなるという厄介《やっかい》な性質を持っている。

そして私は今、その性質に、やられているところだった。

「買った時はぴったりだったはずなんだけど……」

自分のお尻をぐにぐにと揉《も》みながら、私の表情はどんどんと険しくなった。

「一番最近買ったコレがこんなにぴったりになってるってことは……」

パンツをしまっている引き出しに目をやって、ゾッとした。

頑張《がんば》って押し込めば穿けないことはないだろう、とは思いつつも、服というものは『美しく』着ないといけないものだと認識《にんしき》している。

スキニーパンツは、布を余らせすぎてもだらしなく見えるし、逆にぴっちりとしすぎてしまうと明らかに『肉を押し込んでいる』というような見た目になってそれはそれで見栄えが良くない。

大きなため息が漏《も》れた。

確かに、最近吉田くんとの外食も増えて、肉を食べる機会が多かったのは認める。

けれど、こんなにすぐに、露骨《ろこつ》に身体に表れるものだろうか。

ふと、テレビで見た「歳《とし》を取り、代謝が衰《おとろ》えると、脂肪《しぼう》がつきやすくなる」という情報が頭の中を駆《か》け巡《めぐ》った。

容赦《ようしゃ》がなさすぎて、泣けてくる。

テーブルの上に置いてあった財布《さいふ》を手に取って、カードの類《たぐい》が入っているポケットをごそごそと漁《あさ》ってみると、随分前に加入した登録制ジムの会員カードが見つかった。

有効期限を見ると、まだ半年ほど期限が残っている。

「運動……あんまり好きじゃないけど……」

再開せねばなるまい、と、渋々覚悟《しぶしぶかくご》を決め、カードを財布の中にしまい直した。

とりあえずジムには次の休日から通うとして、だ。

ジムに通い始めれば数日で肉が落ちるというわけでもないので、痩《や》せるまでの間をつなぐパンツを買わないといけない。

サイズのゆるいズボンはなかったかと、引き出しを漁ってみたものの、やはり外出用のパンツはどれもこれもがスキニーだった。

「私の馬鹿」

スキニーパンツが好きとはいえ、それしか買っていないというのも極端《きょくたん》すぎるだろうと、過去の自分を叱責《しっせき》してみるものの、それで何かが解決するわけではない。

「買い物増えちゃったわね……」

くしゃくしゃと乱雑に髪の毛を掻《か》いてから、クローゼットからベルトを手に取る。

そもそもなぜ、休日にジーンズに足を通したのかというと、秋物のアウターを買いに行こうと思っていたからなのだ。

起きてからテレビを見ながらご飯を食べて、特に面白《おもしろ》い番組もなかった上になんだか今日は身体の調子がいいぞ、と思ったのをきっかけに、どうせだし服でも買いに行ってしまうかと思ったわけである。

そうして気軽にジーンズに足を通したら、これだ。

まあどうせ服を買いに行くのだから、一つくらい買うものが増えても問題はないとはいえ。

繰《く》り返しになるけれど、スキニーパンツは、サイズが非常に重要なパンツなので、トップスに比べて試着の回数が自然と多くなるのだ。一着を選んで買うのにもそれなりに根気と体力が必要になる。

厄介な買い物が増えたなぁ、と、億劫《おっくう》な気持ちになりながらも、まだ外出する気力があるうちに私は手早く身支度《みじたく》を整えた。

よく服を買う店に入ると、よく試着の面倒《めんどう》を見てくれる店員とすぐに目が合った。

「いらっしゃいませ」

にこりと笑ってこちらに向かってくる店員に私は会釈《えしゃく》を返す。

「今日もボトムスをお探しですか？」

いつもここでスキニーパンツばかりを買うので、私はボトムスしか買わない女だと思われているようで、それが少し面白かった。

「いえ、今日はちょっとトップスも見て行こうかと思って」

と私が答えると、「ほんとですか！」と、店員は可愛《かわい》らしい驚《おどろ》き方をする。

「まあ、パンツも買うんですけどね、いつも通り」

と付け加えると、彼女はくすくすと笑って、店に入ってすぐの売り場を指さした。

「秋物のトップスでしたら、ちょうどそのあたりに出してますよ」

「そうなんですね」

店員の指す方を見ると、確かに夏服よりも丈《たけ》の長く、落ち着いたデザインの服が並んでいた。

「見てみます。ありがとう」

ひとこと言って、秋服の並ぶ売り場へと向かう。

売り場の半分ほどは、淡《あわ》い色の服が多く、自然と購入《こうにゅう》候補から外れていった。私はどちらかと言えば重めの色の方が似合う、と、自分では思っているから。

赤茶色のカーディガンや、紺色《こんいろ》のジャケットが私の目を引いた。

これならスキニーのパンツにも合いそうだし、中はすでに持っているシャツ類で合わせられそうだ。

どちらかにしよう……と考えているタイミングで、ふと、去年もこんなような服を買ったのではなかったか、と思い出す。

そういえば、去年もパンツに合うから、という理由でカーディガンを買ったのだった。色も茶色で、いま見ているものとは色調が若干違《ちが》ったと思うが、おそらく他人が見た時の印象はほぼ変わらないだろう。

そうなると、ジャケットを買うべきか。紺のジャケットに目を移すが、こうして見ると、なんだか私服としてはかっちりしすぎというか、もはやこのジャケットにパンツという組み合わせではビジネスカジュアルにしか見えないような気もしてくる。

これは困ったぞ、と思っていると、その心境を察したのか、さきほどの店員が静かに私に寄ってきた。

「お困りですか」

何度も足を運んでいる服屋の店員というのはこういったところが本当に素敵《すてき》で、必要以上に話しかけて来ないけれど、困っている時にはスッと現れてくれる。プロだな、と思った。

「スキニーパンツに合う服を探してたんだけど……合いそうなものをピックアップしていったら、どうも、すでに持ってるようなものばっかりになっちゃったんですよね」

素直に、現状を説明すると、店員は「なるほどなるほど……」と愛嬌《あいきょう》のある相槌《あいづち》を打ってから、視線を売り場に這《は》わせるように動かした。

数秒間の沈黙《ちんもく》の後、彼女は私にばっちりと目を合わせて、はっきりと言った。

「じゃあ、むしろスキニーパンツをやめるっていうのはどうですかね」

「へ？」

予想だにしていなかった提案に、素っ頓狂《とんきょう》な声を上げてしまう。

「いやね、前から思ってたんですよ。スキニーパンツもとってもお似合いですけど、他《ほか》のボトムスも絶対似合うんじゃないかなって。実はオススメのがあるんですよ」

まくし立てるように言ってから、店員は小首をかしげて私を見た。

「どうですか？」

どうですか、と言ってはいるが、有無《うむ》を言わせる雰囲気《ふんいき》ではなかった。私は失笑《しっしょう》して、首を縦に振《ふ》る。

「じゃあ、オススメされてみようかしら」

「そうこなくては！」

彼女はやけにいきいきとした様子で「こっちです」と言って、私を奥の売り場へと導いた。

「これですね」

店員が出してきたものを見て、私は口をぽかんと開けた。

「す、スカート？」

「そうですそうです。キャメルロングスカートっていうんですけど。落ち着いてて、良《い》いデザインでしょう。ちょうど20代前半の女性に人気な商品なんですよ」

スラスラと店員が説明するが、私の思考は『20代前半の女性』という単語でピタリと止まった。

自嘲《じちょう》的な笑いが漏れて、私は首を横に振った。

「私、20代前半じゃないんですよ。ふふ、後半も後半です」

「え、し、失礼しました！　え、でも全然見えないです！」

「本当？」

「ほんとですよ！　今すごいびっくりしてますもん！」

店員の反応に、私は再び失笑してしまう。彼女の言葉は、どこか自然体で、接客としては若干丁寧《ていねい》さが欠けるように感じるものの、不快感を覚えないものだった。むしろ、親近感と、安心感を覚えるくらいだ。

「スカートなんて若い子が穿くものだと思ってたんですけど」

「いやいや、そんなことないですよ。それにお客様は年齢《ねんれい》関係なくお綺麗《きれい》ですから、絶対似合います。私が保証しますよ」

「ふふ、本当？」

ぶんぶんと首を縦に振る店員にまんまといい気分にさせられて、私はスカートを手に取る。

腰《こし》に当てて、鏡を見てみると、確かに落ち着いた雰囲気のあるスカートではあった。けれど、自分に似合っているのかどうかはよくわからない。

「よかったらご試着してみます？」

「そうしようかしら」

「あ、そうしたらさっきの売り場にある商品でオススメのものもありますよ。一緒《いっしょ》に合わせてみます？」

「いいわね。お願いしてもいいですか」

とんとん拍子《びょうし》で話が進み、あれよこれよとオススメされるがままに手に取って、試着をした。

自分では似合っているかどうか判断がつかないものの、店員が「あ、これはいいですね」とか「お似合いですよ！」とか言うたびに私は少しいい気分になった。

結局、今まで一度も買ったことのない『キャメルロングスカート』というやつと、自分では絶対に手に取らないような、淡い色の薄手《うすで》のカーディガンを買って店を出た。服屋の店員、おそるべし。

新しい服を買った帰り道というのはいつも、少し気分が高揚《こうよう》して足取りが軽くなるのだけれど、今日はいつにも増して心が躍《おど》っていた。

決め手はなんといっても、店員の「え、でも全然見えないです！」という言葉だ。

あんなに若くて可愛らしい女性から、20代前半だと思われていたのは、素直に嬉《うれ》しい。

そして、そんな彼女に薦《すす》められて買った服なのだから、きっと他の人から見ても素敵に見えるのだろう。

……吉田くんが見たら、どんな顔をするだろうか。

そんなことを考えて、一人でこそばゆい気持ちになる。

「また、ごはんに誘《さそ》わないと。できれば……休日に」

小さく呟《つぶや》いて、心なしか軽いフットワークで自宅へ向かった。

「いや、違うわ」

数分後、急に、スッと浮《うわ》ついた気持ちが引いて、歩みも止まる。

重要なことを思い出したからだ。

「……まず、痩《や》せないとね」

そもそも、太ったから、ボトムスを新しく買う羽目になったのだ。

吉田くんをご飯に誘っている場合ではない。

吉田くんとご飯に行けば行くほど、私は太ってゆくのだ。

「はぁぁ……」

大きなため息が出るのと共に、先ほどまでの高揚感《こうようかん》はどこかへ消えた。

現実は……厳しい。

13話　チュニックブラウス

「高校の頃《ころ》は良かった……」

思わずそんな言葉が口に出て、一人で噴《ふ》き出してしまう。

かれこれ30分ほど、クローゼットと姿見の前を行ったり来たりしている気がする。

高校時代は、「蒼《あお》は黒い服が似合うよね」というクラスメイトの言葉を鵜呑《うの》みにして黒い服ばかり着ていた。

そして大学の頃は特に興味があるわけでもないのにファッション雑誌を買って、自分と髪型《かみがた》の似ているモデルの着ている服をなんとなくで買って着ていた。

そんなわけで、今までの人生、ファッションというジャンルで悩《なや》んだことがなかった。

そしてそのツケが今、回ってきている。

「困ったら制服着れば良かったんだから最高だ」

もういっそのこと制服を着て行ってやろうか、という投げやりな気持ちにもなったけれど、よくよく考えると制服は実家に置いてきてしまったし、そもそも女優でもモデルでもない27歳が高校生の制服を着るのはさすがに無理がある。

ため息をついて、ベッドに座り直す。

こんなにも出かける服装に悩んでいるのには、もちろん理由がある。

普通《ふつう》に一人で外出するだけなら、それこそ適当に黒い服でも着てゆけばいいのであって、人と会うつもりがあるから悩んでいるのだ。おまけに、相手は初恋《はつこい》の男ときている。

休日なのを良いことに昼過ぎに目を覚まし、ご飯を買いにコンビニにでも行こうと思ったところで、会社に財布《さいふ》を置き忘れたことに気が付いた。

社会人になるまで実家でぬくぬくと過ごしていた人間が、一人暮らしを始めたからといって突然《とつぜん》自炊《じすい》をするようになるはずもなく、気が向いた時しか料理をしない私の家の冷蔵庫の中身などたかが知れている。

つまり、食べるものもなく、財布もないというどうしようもない状況《じょうきょう》になっていることに、休日2日目になって気が付いたのである。

私は、自分のずぼらな生活態度に呆《あき》れるのとほぼ同時に、悪いことを思いついてしまった。

これを口実に、唯一《ゆいいつ》会社で連絡《れんらく》先を交換《こうかん》している吉田を呼び出して、ついでにご飯も食

もいかない。

我《われ》ながら名案だと思ったけれど、吉田と会うとなれば適当な格好をして出てゆくわけにもいかない。

多分、吉田の中の私は「高校の憧《あこが》れの先輩《せんぱい》」というポジションで時が止まっている。そうと分かっていながら適当な格好で出て行って彼の中のイメージを崩《くず》してしまうほど、私の中で彼の存在はどうでもいいものではなかった。

要するに、初恋の後輩に対して見栄《みえ》を張りたいのである。

しかし今まで一度も能動的にファッションを気にしたことがなく、「まあこんなもんだろ」という、往来を歩いて恥《は》ずかしくない程度の惰性《だせい》ファッションを継続《けいぞく》してきた私としては、『異性にウケのいい服』というのがさっぱり分からなかった。

加えて相手は〝あの〟吉田である。

高校の頃はデートの時に制服を着ていようが私服を着ていようが毎回「可愛《かわい》い」と言ったし、若干《じゃっかん》のコンプレックスである尻《しり》の上の大きめなホクロを見ても「可愛い」と言ってのけた男だ。

けれど、あの頃は付き合っていたからなんでもかんでも可愛く見えていただけなのだろうと思う。

つまり、私は彼の『ストライクゾーン』を知らない。

「吉田め……」

責任転嫁《てんか》してぼやいてみるけれども、それで服が決まるわけでもなく。

そもそも、まだ吉田に連絡すら入れていないことを思い出す。

いや、入れなくとも、暇《ひま》であれば吉田は絶対に来るはずだ。という、謎《なぞ》の確信があった。

とはいえ、もし予定があったとすれば断られる可能性も大いにあるわけで、服を選ぶよりも前に連絡をとるべきだと思い直す。吉田に休日の予定があるとも思えないけれど……。

スマートフォンを手に取って、ぽちぽちと吉田にメッセージを送る。

すぐに吉田から返事がきたけれど、どうも乗り気ではなさそうだった。しかし、用事があるのであれば初手で「用事があるので……」と言ってきそうなものである。用事もないのに渋《しぶ》っているということだろうか。生意気だぞ。

何度かやり取りを続けても、やはり吉田は明らかに会社まで出てくることを渋っている様子だったので、ついに私は『食べるものがない』という必殺技《わざ》を出した。いや、実際に食べるものがないのだから嘘《うそ》ではないでしょう。

そうするとさすがに吉田も折れて、来てくれるという返事がきた。

相手の性格につけ込んでもぎ取ったものだけれど、勝利は勝利である。

さて。

問題は最初に戻《もど》る。

何を着ていくか、それが問題だ。

過去に戻って吉田の趣味《しゅみ》を探《さぐ》ることはできないし、今メッセージで「どんな服着て行けばいい？」なんて訊《き》くのもさすがに恥ずかしい。訊いたところで、「好きな服着てくりゃいいんじゃないすか」とか返ってくるのがオチである。

……もう、「先輩なら何着てても可愛いですよ」と、いうようなことを言ってもらえる関係ではなくなってしまったのだ。

そんなことを考えて、少し胸が痛んだ。

今は、彼は別の恋《こい》を胸に抱《かか》えている。

自ら手放したものだと分かっていながら、それと同じくらい、逃《のが》した魚が大きかったことも理解している。だからこそ、私は胸の中を這《は》う鈍痛《どんつう》を押し込めるように、ベッドから不必要なほどに勢いをつけて立ち上がった。

そして、ベッドの横に落ちていた、先週惰性で買ったまま一度も開いていないファッション雑誌を手に取った。

表紙を見ると、大きな文字で「秋はチュニックブラウスで決まり！」と書いてある。

自然と声が漏《も》れた。

「あ」

「持ってるよ、チュニックブラウス」

私は雑誌をペラペラとめくりながらクローゼットへ向かう。

ついこの前、秋物の服を数着買っておこうと服屋へ行き、自分で選ぶのも面倒《めんどう》だったので店員を捕《つか》まえて「どんなのが似合うと思います？」とあまりに雑な質問をしたのだ。

その答えが、これである。

黒に近いグレーの色をした、チュニックブラウスを手に取って、鏡の前に立つ。

店員が高い声で「落ち着いている上に、冬物よりも軽くてすっきりした印象があっていいんですよね。お客様の綺麗《きれい》な黒髪《くろかみ》にも映《は》えると思いますよ！」と、いうようなことを言っていたのを思い出す。

確かに、すっきりしていて、落ち着きもある。

雑誌に目を落とすと、チュニックブラウスに七分丈《たけ》のサブリナパンツを合わせている。

サブリナパンツも、ある、ある。

一人頷《うなず》いて、クローゼットから白い色のパンツを引っ張り出す。

ぽいぽいと部屋着を脱《ぬ》ぎ捨てて、ブラウスとパンツに着替《きが》えると、思った以上にそれなりの恰好《かっこう》になっていた。

「こりゃいいや」

雑誌を買った時は内心で「読まないのにこんなもん買って」と思っていたし、服を買った時も「どうせ数回しか着ないだろうに」と思っていたのに、こんなところで役に立つとは。

惰性もたまには役に立つなぁと、一人でにやついてしまった。

洗面所の鏡で寝《ね》ぐせがないか念入りにチェックして、しつこく見えない程度に化粧《けしょう》をして。

玄関《げんかん》の靴箱《くつばこ》を開け、今日の服装に一番合いそうな靴を探した。

そして、靴箱の端《はし》に、小箱に入ったままになっていた靴を発見する。

「あ……」

開けなくても分かった。

自虐《じぎゃく》的な笑《え》みが漏れる。

「このタイミングで目に入ってくるんだもんなぁ……」

手を伸《の》ばして、箱を手に取る。

高校生の頃、親にねだって買ってもらった、その頃の私にとっては少し大人っぽい靴。

少し踵《かかと》の上がった、アンクルストラップの黒いサンダルだ。

次のデートに履《は》いて行くから……と言って買ってもらって。

結局、私のせいで、次のデートはなかった。

「これはデートか？」

サンダルをジッと見て、呟《つぶや》く。

「……デートってことにしとくか」

そう言って、箱から包み紙を引っ張り出して、靴を玄関に置いた。

足のサイズは高校生の頃からまったく変わっていなかったようで、驚《おどろ》くほどぴったりとサンダルに足が入った。

「ふふ」

自然と笑いが零《こぼ》れる。

「ずっと履いてやれなくて悪かったね」

サンダルを見つめて、そんなことを言ってみる。もちろん返事なんてないのだけれど、靴も喜んでいるのではないか、と都合の良《い》いことを思った。

「気合い入った服に、おニューの靴。そしてあたしはそれなりに美人……」

口に出して、言ってみる。

「これでなびかないなら吉田のセンスが悪いな」

そう呟いて、一人で笑って。

私は玄関の扉《とびら》を開けた。

一言くらい、私の外見を褒《ほ》めさせてやろう、と、そんな気持ちで私は家を出る。

まさか、褒められないどころか、服装について一切言及《いっさいげんきゅう》されることはないとも知らずに。

14話 青春

目の前を行き来する大勢の人々をぼんやりと眺《なが》めながら、ため息をつく。

普段《ふだん》なら家でごろごろして過ごす休日だというのに、今日の俺は都会の駅の改札前に立っていた。

そして、俺を呼びつけた張本人は、待ち合わせ時間を30分過ぎても一向に現れる気配がない。スマートフォンを見ても、特に連絡も来ていなかった。

「……遅《おそ》い」

「……ったく、どういうことだよ」

俺を休日に突然《とつぜん》呼び出したのは、神田《かんだ》先輩だった。

朝起きると、寝ている間に先輩からメッセージが入っていることに気が付いたのだ。メッセージの受信時間を見ると、朝の4時ごろだった。俺が起きた時間から逆算すると、5時間ほど前だった。

そんな時間にメッセージを送ってくるとは、相当な急用なのかと慌《あわ》ててメッセージアプリを開いたが、そこに書いてあった内容は簡素なものだった。

『突然だけど、今日一緒《いっしょ》に昼ご飯食べない？』

本当に突然すぎて、目が白黒した。

神田先輩《せんぱい》が気まぐれなのは今に始まったことではないが、それにしても当日の朝４時に突然昼ご飯に誘《さそ》ってくるというのは突飛すぎて思わずため息が出る。

『すみません今起きました』

別に悪いとは思ってはいないものの、とりあえずの謝罪を添《そ》えて、今起きた旨《むね》をメッセージで送ると、すぐに既読《きどく》マークがついた。

『昼ご飯行こうよ』

改めて用件だけを送ってくるあたりも、彼女らしい。

『どうしたんですか急に』

『別になんもないけど。なんとなく吉田とご飯行きたくなったからさ』

『唐突《とうとつ》すぎませんか』

『思い立ったが吉日《きちじつ》ってね』


ちらりと横目で布団《ふとん》で寝ている沙優を見ると、すやすやと熟睡《じゅくすい》しており、まだ起きそうな気配はなかった。

平日はいつも俺より早く起きて朝ごはんの用意をしてくれている沙優だが、土日は昼前までぐっすり寝るのが習慣となっているようだ。

俺が外で食事を済ませてしまえば、二人分の昼食を作る手間も省けていいだろう、と、思った。

『行けますけど』

俺がそう返事すると、神田先輩は「よし」と言っている猫《ねこ》のスタンプを送ってきたのちに。

『じゃあ、12時に東京駅ね』

とだけ返してきた。

『東京駅』という場所の指定に、違和感《いわかん》を覚える。俺の住んでいるところからも、彼女の住んでいるところからもあまり近くはない場所だった。

どうして、と訊《き》こうかと思ったものの、どうせ訊いたところで返信はないか、「いいからいいから」と適当にあしらわれるのがオチだと目に見えていたので、やめる。

そんなわけで、俺は休日にわざわざ東京駅まで出てきたわけなのだが……。

「まさか二度寝《にどね》したんじゃないだろうな……」

連絡《れんらく》もなく待たされ続け、思わずそんなつぶやきが漏れる。

「二度寝はしてないよ」

「うわぁ!?」

突然真隣《まとなり》から声が聞こえて、思わずびくりと肩《かた》を震《ふる》わせる。

　気付けば横に神田先輩が立っていた。

「着ていく服を悩《なや》んでたら、気づいたら全然間に合わない時間になってたよね」

「遅《おく》れるなら連絡くらいしてくださいよ！」

　俺が言うと、先輩はけらけらと笑う。

「どうせ遅れるならびっくりさせようかなと思って」

「なんで待たされた上にびっくりさせられないといけないんですか」

　思い切り顔をしかめてみせると、神田先輩は再びくすくすと笑ってから、「ごめんごめん」と舌を出した。

　数週間ぶりに会社外で会った先輩だが、相変わらずのマイペースっぷりだ。

「で、どう？」

　ふいに、じっ、と先輩が俺の方へ視線を送ってきた。

「どう……とは？」

　訊き返すと、スンと鼻から息を吐《は》いて、黒いチュニックシャツの裾《すそ》をつまんで見せた。

「遅刻《ちこく》するくらい真面目《まじめ》に選んだお洋服の感想をお伺《うかが》いしているのでございますよ」

「あ、ああ……すごく、似合ってると思いますけど」

「可愛《かわい》い？」

直球で訊き直されて、俺は少し戸惑《とまど》った。

あまりまじまじ相手の格好を見るのは得意じゃないが、明らかに今は「見ろ」と催促《さいそく》されていたので、上から下まで彼女のコーディネートに目をやる。

ぶかぶかもせず、ぴったりともしすぎない黒いチュニックシャツから、スラッとした脚《あし》を包んだ白いスキニーパンツが伸びている。白は膨張色《ぼうちょうしょく》だというのはよく言われていることだが、白いパンツを穿《は》いていても彼女の健康的な脚の細さはよくわかった。

靴《くつ》はまだ新品にも見えるほどつやつやとした黒いサンダルタイプのヒールで、それが白いパンツと対照的にカッチリと存在感を放っていた。

個人的には、「可愛い」というよりは「かっこいい」に寄っている服装だと思ったが、先輩自身のミステリアスな雰囲気《ふんいき》と、小動物のような顔立ちが、服装とよく合っていて、総合的に見た時にはとても「女性として魅力《みりょく》的に」見えているのは確かだった。

こういう時は素直《すなお》に答えるのが一番なのは分かっているのだが、口を開こうとすると、彼女と以前焼き肉に行った時のことを思い出した。

『あたしの初めての失恋《しつれん》を、ようやく吹《ふ》っ切れたってことだよ、バーカ』

先輩は、つい最近まで俺に対しての恋愛感情を持っていたかもしれないのだ。あくまで、彼女の言葉をすべて信じるとするならば……だが。

そんな相手に、少しでも女性として意識してしまうという感想を伝えるのが、良《い》いことは思えなかった。

「かっこいいです。よく似合ってて」

長考の末、俺がそう言うと、神田先輩は一瞬《いっしゅん》なんとも言えない表情をした後に、にこりと笑った。

「うむ、ありがと。遅刻した甲斐《かい》があったな」

「遅刻はしないでほしかったんですけどね……」

「まあまあ、30分くらいでそうぶつくさ言わなくてもいいじゃん」

先輩は悪びれもせずにそう言ってから、おもむろに両手をパンと合わせた。

「よし！　それじゃあ吉田」

「行きますか？」

「うん、行こう！　遊園地！」

「……はっ？」

間抜《まぬ》けな声を上げる俺に、先輩は畳《たた》みかけるように言う。

「遊園地行こう、吉田」

「え、昼メシ行くって話でしたよね？」

「遊園地で食べればいいよ、昼メシは」

「いやいやいや……」

急すぎる話の展開に、まったく頭がついていかない。

「せっかくおめかしして出てきたんだから、ただ昼メシ行くだけじゃもったいないなと思ってさ」

「……今思いついたんですか？」

「そのとーり！」

「行き当たりばったりにもほどがある……」

「いいじゃん、遊園地。行こうよ。どうせ昼メシ食べた後は暇《ひま》でしょ？」

「いや、まあ、予定はないですけど……」

「じゃあ決まり！　行くぞ、吉田」

俺の答えを聞かずにすたすたと歩きだす神田先輩。

「あ、ちょっと……！」

引き留めようと声を上げるが、彼女が聞いている様子はなかった。

少し先まで歩いて、こちらを振《ふ》り返る先輩。

「なにしてんの、早く行くよ！」

立ち止まっている俺に、あっけらかんとそういう先輩に、俺は大きくため息をついてから、頷《うなず》いてみせた。

「分かりましたよ、もう……」

早足で先輩に追いつかんと歩き始める。

頭の中では、一番初めの違和感が、答えを伴《ともな》って、再びその存在感を主張していた。

なぜ東京駅なのか。

その答えは、もう明白になった。

彼女は最初からそのつもりだったのだ。

東京駅から一本で向かえる、日本で一番有名な遊園地に行くつもりであったから、ここを指定した。

しかし、分からないのは……なぜ、今更《いまさら》、俺とそんなところへ行きたがるのかということだ。

先輩と焼き肉を食べに行ったあの日に、彼女との過去は清算されたのだと、勝手に思っていた。

しかし……彼女の中では、そうではなかったのかもしれない。

すたすたと目当ての路線の改札へと向かっていく神田先輩《せんぱい》の背中を追いかけながら、そんなことを考えた。

＊

「高校の頃《ころ》さ」

電車の扉《とびら》の際《きわ》に立って、神田先輩は外の景色に視線をやっていた。

その横顔は改めて見ても、作り物みたいに綺麗《きれい》で、なんとなく、視線を送ること自体をためらってしまう。

特に話すこともなく、ちらちらと車窓の外と先輩の横顔に視線を行ったり来たりさせていると、ぽつりと彼女が口を開いたのだ。

「遊園地行きたいね、ってあたしが言ったの、覚えてる？」

先輩のその言葉に、俺は一瞬の逡巡《しゅんじゅん》の末、ゆっくりと首を縦に振った。

「……ちょうど俺も、それを思い出してました」

「ふふ、そっか」

あれは確か、高校2年の、春先だった。

部活を終えてそのまま神田先輩の家に寄り、彼女の自室でごろごろと過ごしていた時に、ふいに、彼女が「遊園地、行きたいなぁ」とつぶやいたのだ。よく覚えている。

「遊園地か……そういや、高校入ってから一度もそういうとこ行ってないっすね」

「行こうよ、二人でさ」

「いいですけど、どうしたんすか急に。あんまりそういうとこ行きたがるイメージないんですけど」

そもそも先輩は人ごみがあまり得意ではないタイプの人だった。

休日に街に遊びに行っても、大体すぐに「人多いねぇ。どっか店入ろ」と言い出すのが彼女だ。

「まあ、確かに」

そう頷いてから、先輩はころんとカーペットの上に転がって、俺の膝上《ひざうえ》に頭を置いた。

こちらを見上げてくる彼女の視線と、俺の視線が絡《から》む。

「でも、たまにはそういう……普通《ふつう》のカップルらしいこともしたほうがいいのかなと思って」

「なんですか、したほうがいいって」

「うーん……ほら、あたしたちって家でごろごろしてばっかだし」

「いいんじゃないですか、それはそれで」

「吉田はいいの？」

急に質問を投げられて、俺は言葉に詰《つ》まった。

「いや、俺は、別に……」

「別に？」

その日の神田先輩は、どこかいつもと様子が違《ちが》った。

普段は、俺がどうしたいかとか訊《き》いてくることもなく、「吉田、○○行くよ」とか「吉田、○○やろ」とか、唐突《とうとつ》に言ってくるのが先輩だ。

「俺は、先輩が楽しそうにしてればそれでいいですよ」

俺がそう答えると、一瞬、彼女の瞳《ひとみ》が大きく揺《ゆ》れた。その映像は、やけに俺の脳裏《のうり》に染《し》みついていた。

染みついていた……という割には、今日の今日まで忘れていたのだが。一度染みついた記憶《きおく》は、ふとした時に、明瞭《めいりよう》に思い出されるものだった。

「じゃあ、やっぱり、今度遊園地行こ」

「行きたいんですか？」

「……うん。吉田と、普通のデート、してみたい」

きっと彼女の言う「普通」には、「ほかのカップルがしているような」という意味が込められていたのだと思う。

彼女が当時何を求めていたのかを知った今では、あの頃の俺の言動一つ一つが、ゆるやかに、彼女の中の小さな地雷《じらい》をやんわりと踏《ふ》み続けていたのだということは容易に分かった。

俺は、本気で、「先輩が良ければそれで良い」と考えていた。その主体性のなさが、少しずつ彼女を不安にさせていたのだ。

俺から目を逸《そ》らして、少しだけさみしそうに微笑《ほほえ》んだ先輩の横顔が、ゆっくりと、現在の、車窓の外を眺《なが》める彼女の横顔と重なった。

「結局……行かなかったね」

俺の方を見ずに、彼女はそう言う。俺も、おもむろに頷いた。

「そうですね……」

先輩が遊園地に行きたい、と言い出した時期は、野球部であった俺にとっては、正直、タイミングが悪かった。

野球部の生徒にとっては、夏に向けての練習は最も追い込まれる時期だからだ。しかもその年は、メンバーの実力もかなり仕上がってきており、甲子園《こうしえん》への出場も見えていたのだ。結局甲子園の本戦に出場することはかなわなかったが、当時、野球部の練習は非常に力が入っていたのを覚えている。

そんなわけで、ちょうどそのころから、ほぼほぼ毎週、休日にも練習がある時期が続いたのだ。

結局遊園地には行けないまま夏が終わり、秋になったころに俺が「遊園地、行きますか？」と言うと、先輩はまたどこか寂《さび》しそうな表情を浮《う》かべた末に、「いや……やっぱ、いいかなぁ」と言ったのだった。

「あの頃は野球に本気だったので……待たせすぎちゃいましたかね」

俺がそう言うと、ずっと窓の外を見ていた先輩がふと視線をこちらにやった。

そして、ふっ、と微笑んでから、言った。

「いいじゃん、今から行くんだし」

その笑顔は記憶の中の先輩の笑顔よりもずっと大人びていて、俺は不覚にもどきりとしてしまう。

「……そっすね」

俺が少し小さな声で頷くと、先輩はけらけらと笑った。

「照れると声小さくなるの、高校の時から変わらないね」

「やめてくださいよ」

顔をしかめて首を横に振ると、神田先輩はさらに可笑《おか》しそうに笑ってみせた。

＊

休日の、しかも午後から、海辺の大遊園地に入園した俺たちは、まず人の多さに圧倒《あっとう》された。

「いや〜、やっぱ休日は混《こ》んでるな！」

「そりゃそうでしょうよ」

入園してすぐの、巨大《きょだい》すぎる地球儀《ちきゅうぎ》を模した噴水《ふんすい》の前は、大勢の入園者でごった返している。

マスコットキャラクターと写真を撮《と》る人、チュロスやポップコーンを食べながら噴水前で談笑《だんしょう》する人、そして、早足でどこかへ向かう人……そのどれもが、キラキラとした表情を浮かべていた。

こんなくたびれたサラリーマンが来るのはあまりに場違いに感じられて、俺は思わず深く息を吐《は》いた。

　しかし、そんな俺の手を、神田先輩が引いた。

「さ、吉田。とりあえず散策しようよ。歩いてるだけでもきっと楽しいぞ」

　先輩はそう言って、にこりと笑う。

　俺の手を引く先輩の手は記憶の通り、ひんやりとしていた。

　久々に繋《つな》がれた手の感触《かんしょく》が、まだ彼女と恋人《こいびと》同士だったころの記憶と強烈《きょうれつ》に結びついて、俺は急に気恥《きは》ずかしくなってしまった。

「手、大丈夫《だいじょうぶ》ですよ」

「うん？　大丈夫って？」

「だから、繋がなくたって、子供じゃないんですから！　はぐれやしないです」

　俺がそう言うと、先輩は目を丸くしてから、ぷっ、と噴《ふ》き出した。

「なに、照れてんの？　いいじゃん、デートなんだし、繋いどけば」

「デートじゃないです！」

「そうなの？　あたしはデートだと思ってたけど」

「俺は昼飯に誘《さそ》われて家を出てきたんですけど」

　俺の言葉に、また先輩はくすくすと笑う。

「そういや、そうだったな」

そう言って、先輩はパッと俺の手を離《はな》した。

「じゃあ、オトナっぽい落ち着いたデートにしようか」

「だから、デートじゃないですってば……」

〝デート〟という言葉尻《ことばじり》に妙《みよう》にこだわってしまう自分に小恥ずかしさを覚えるが、どうしても、これをデートと認めたくない自分がいた。

そして、脳裏には何度も何度も、「どういうつもりで」という言葉が浮かんでは消える。

物珍《ものめずら》しそうに園内をきょろきょろと見まわしながら歩く神田先輩を横目に見ながら、俺はどういう気持ちでこの遊園地を楽しめばよいのかと考え続けていた。

「とりあえずアレ探そう、アレ」

入口でもらったパンフレットに目を落としながら、先輩が言った。

「アレ？」

「そう、アレ。あの、泡《あわ》が凍《こお》ってるビールだよ。飲みたかったんだよね」

「さっそく酒ですか……」

アトラクションよりも先にフローズンビールを探し出す先輩に苦笑を漏《も》らすが、正直、酒を飲むということについては俺も賛成だった。

酒を入れて、ぼんやりとしてしまいたい気持ちが強かったからだ。

「お、案外このへんで買えるところあるじゃん！」

パンフレットに載《の》っている地図を指でさして、先輩《せんぱい》は無邪気《むじゃき》に微笑んだ。

「ほら、さっさと行くよ！　のんびりしてると日が暮れちゃう」

「了解《りょうかい》です」

さきほどまでより少しだけ早足で歩きだす先輩。

歩調を合わせて隣《となり》を歩くと、彼女がちらりとこちらを見た。

「ほんとに繋がなくていいの？」

「だから、子供じゃないんですから」

「あ、そう。強情《ごうじょう》だなぁほんとに」

俺が首を横に振《ふ》るのを見て、先輩は少しだけ寂しそうな顔をして、前を向いた。

「飲まないとやってられんな」

先輩がそう呟《つぶや》いたのを聞いて、俺も失笑した。

「それは賛成です」

そうして、入園して即《そく》酒を買いに行くというなんともみっともない二人組が誕生したのだ。

ビールを買い、だらだらと雑談をしながら園内を歩いた。

古代遺跡《いせき》の点在するジャングルをテーマとした区域に入るとあたりに燻製《くんせい》のような香《こう》ばしいにおいが漂《ただよ》っており、誘われるように俺たちはスモークチキンの出店でそれを購入《こうにゅう》した。

ファンシーなくまのぬいぐるみをテーマにした、灯台のある区域では甘い匂《にお》いにつられてオムレットロールなるオシャレなスイーツを食べた。

活火山の採掘《さいくつ》場をテーマにした区域では餃子《ぎょうざ》ドッグを食べ……。

「あれ、俺たち食ってばっかじゃないですか？」

ふと我《われ》に返り俺が言うと、神田先輩が失笑する。

「いいんじゃない？　昼メシ食べに来たんだし」

「テーマパークまで来て、食べ歩きしかしてないのもなんか変な気がしますけどね……」

「いいじゃん、こっちの方があたしたちらしい気がするよ」

「俺たちらしい……か」

確かに、突然《とつぜん》遊園地に来て、はしゃぎながらアトラクションに乗り回るような光景は、この二人ではまったく想像ができない。

　それに、強引に連れてこられた場所だったが、こういうふうに美味《うま》いものを食べて、作りこまれた世界観の園内を歩いているのは案外楽しいものだった。

「日、傾《かたむ》いてきたね」

　ふと先輩がそう言うので、上を見ると、確かに空が赤らみ、暗くなり始めていた。

「案外あっという間ですね」

「ふふ、楽しい？」

「まあ……思ったよりは」

「そりゃ、良かった」

　神田先輩はにこりと笑って、餃子ドッグの最後のひとかけらを口に押し込んで、もぐもぐと咀嚼《そしゃく》した。

　それを飲み込んで、彼女はぷらぷらと片足を振った。

「久々にこんなに歩いたからちょっと足が疲《つか》れたな」

「座ります？」

　園内にはところどころに休憩《きゅうけい》用の椅子《いす》が設置されており、ちょうど良く、近くに空いているものがあった。

「そうだね、ちょっと休憩」

先輩は頷《うなず》いてから、早足に椅子へ近づいて、すとんと座った。

俺も先輩に続いて、少し間を空けて彼女の隣に座る。

「足裏がジンジンするのなんて久々かも」

「大人になると、思った以上に歩かなくなりますよね」

「仕事にもよると思うけどね〜。ＩＴは営業でもなけりゃ座ってることの方が多いし」

「違《ちが》いない」

話しながら、俺は自然と腰《こし》をさすってしまう。

彼女の言う通り、普段《ふだん》は椅子に座って仕事をしていることの方が多いので、足よりも腰が痛くなるのだ。

そんな俺の動きを見て、先輩はすっと鼻を鳴らした。

「吉田もちょっとおじさん臭《くさ》くなったよね」

「そうですかね……やっぱり」

「いや、まあ高校球児だったころと比べたら歳食《とし》って見えるのは当たり前なんだけどさ」

先輩はそう言ってから、膝《ひざ》の上に頰杖《ほおづえ》をついて、俺をじっ、と見た。

「でも……お互《たが》い、随分《ずいぶん》歳とったね、ほんとに」

その言葉には、言葉以上の様々な思いが詰《つ》まっているような気がして、俺は息を吸ったますぐに吐き出せなかった。

俺と先輩は、10年も前につながりを持って、そして、9年ほどの空白を経て、再び出会ったのだ。

まだ精神が今よりもずっと未熟だった頃《ころ》に、恋仲となり、お互いをよく知る間もないまま、別れて、そして別の道をたどった。

今日の前にいる『神田蒼』は、多くがあの頃の彼女と重なって見える。しかし、完全に同一な人物かと問われれば、否《いな》である。きっと、彼女にとっても、今の俺はそういうふうに見えているのだと思う。

「……不思議ですね」

「ね、不思議」

「9年も経ったのに、また会って、しかも一緒《いっしょ》に遊園地に来てる」

「そうだよ。一番行きたかったあの頃に行けなかったのに、今更《いまさら》、二人でさ」

そう言って、先輩はくすくすと笑った。顔は笑っているが、その声色《こわいろ》には明確に『切なさ』がにじんでいるのが、鈍感《どんかん》な俺にも分かった。

「9年の間に、吉田は、根本的な部分は全然変わってなかったけど……あたしが一番『あったらいいのに』って思ってたところをしっかり手に入れててさ。ほんと……なんでなんだろうなぁ」

「なんですかそれ」

俺が訊《き》くと、先輩はスッと俺から目を逸《そ》らして、遠くを見るように目を細めた。

その視線を追うと、大きな火山の岩肌《いわはだ》に突《つ》き刺《さ》さるドリルのような装置が目についた。

彼女はその装置をじっ、と見つめたまま、言った。

「執着心《しゆうちやく》、だよ」

先輩がそう言うのと同時に、火山の火口から、ジェットコースターが飛び出してきて、遅《おく》れるようにそれに乗る人たちの悲鳴が聞こえてきた。

じわり、じわりと彼女の言葉が胸の中に広がる。

執着心。

高校の頃の俺には、それがなかったというのだろうか。そして、今はそれを持っている、と。

言われても、あまりピンとこない。

しかし、神田先輩は、相変わらず大きなドリルの装飾《そうしよく》を見つめたまま、ぽつぽつと言

葉を続けた。

「これだけは絶対に譲《ゆず》れない、とか。これだけは絶対に失いたくない、とか……そういう、さ。執着心みたいなのが、今の吉田にはあるように見える」

「それは……」

そこまで言われて、ようやく俺は彼女の言わんとしていることを理解した。

俺にそういった感情が生まれているとすれば、きっと沙優のことだ。

あいつの甘えを受け入れてしまったからには、最後まで面倒《めんどう》を見なくては、と、確かに思っている。

神田先輩に沙優のことを話したことはなかったが、彼女は、俺に同居人がいて、それを大事に思っていることを理解している。

でも。

でも、あの時だって。と、思ってしまうのだ。

「でも俺、神田先輩のことだって、あの時は……」

「大事に思ってくれてたんでしょ。わかってたってば、それは」

神田先輩はニッと口角を持ち上げて、何度か頷いた。

「でもさ、吉田」

先輩は、長らく見つめていたドリルから視線を俺の方へ移した。

その眼《め》には、どこか『諦《あきら》め』のような、昏《くら》い光が宿っている。

「あの頃の吉田は、あたしが『別の人が好きになったから別れて』って言ったら……多分、すんなり別れてくれたんじゃない？」

「なっ……えっ……」

俺の脳みそがピシリと機能停止する。

「ほ、他《ほか》に好きな人がいたから俺と連絡《れんらく》とってくれなくなったんですか……？」

「んふふ、違う、違うよ。たとえ話だってば」

先輩はくすくすと笑いながら首を何度も横に振った。

「想像してみてよ、あの頃の吉田になってさ。あたしが急に、急にだよ？　他に好きな人ができたから別れて、って言ったら、どうした？」

「そんなの……」

きっと、ショックは受けるだろう。上手《うま》くいっていると思っていた交際相手に、突然、自分以外に好きな人ができたと言われたら、「今までの関係は一体なんだったんだ」と思うに違いない。

ただ……。

それを、強く止めるかと問われれば……否だった。

「……先輩《せんぱい》が、本当にその人と付き合いたいと言うのであれば……止めはしないと思います」

「でしょ！　そう、そう。吉田はそうだったんだよ……」

先輩は何度か嬉《うれ》しそうに頷いてから、スッと、また昏い目をした。

「吉田は、あたしのこと大切にしてくれてた。でも、吉田の中の……『あたしとの幸せ』には、全然執着してなかった。それが分かってた……」

先輩は、少しずつ、鼻声になっていった。

「だから……逃《に》げちゃった、あたし……」

そう言って、ゆっくりと項垂《うなだ》れる先輩に、俺はなんと言葉をかけていいか分からない。

口を開けたり閉じたりするものの、何も言えずに、俺は視線をうろうろとさせる。

「もし……」

先輩は、地面に視線を落としたまま、言った。

「あたしがもっと、もっと……吉田にはっきり、『あたしに執着して』って伝えたら……いろいろ変わってたのかな」

膝の上で手の指を組み合わせたり、ほどいたりを繰《く》り返しながら、先輩は言葉を続ける。

「吉田が忙《いそが》しくても、しつこく遊園地に誘《さそ》ってさ、吉田が来てくれるまで誘ってさ……セックスの時も、吉田がゴムつけようとしたらふんだくって、ゴムをズタズタにしたりして……もっと、ちゃんと……」

彼女の肩《かた》は震《ふる》えていた。きっと、泣いている。

「ちゃんと、伝えてたら……あたしたち、まだ付き合ってたかな……？」

そう言って、顔を上げた彼女の目じりから、一筋の涙《なみだ》が垂れるのを見て、ズキリと胸が痛んだ。

終わったのだ、と、思っていた。

俺と彼女の関係は……恋《こい》は、とっくに終わって、時間が二人の傷を洗い流して、すべて済んだことなのだと、そう思っていたのだ。

俺はまた、彼女のなにもかもを、勝手に決めつけて、自己完結していた。

焼き肉の時、先輩がこぼした言葉の意味も深く考えず、彼女のさっぱりとした態度だけを見て……安心していた。

全部、間違いだ。

俺が先輩と再会したときに過去を思い出して苦しんだのと同じように、彼女の中でも、俺との思い出は後を引いて、重くくすぶっていた。

10年経っても、俺はそんなことにも……気付けない。

今度こそ、きちんと、答えなくてはいけない。

「先輩、違うんですよ……」

俺は、ようやく口を開いて、言った。

「あの頃の俺は馬鹿《ばか》で……誰《だれ》も彼もを大切にすることが、大事なことだって思い込んでて。目の前の一人を、その人だけを〝大切にする〟ってことの重みなんて、なんにも理解しちゃいなかった。俺のそんな曖昧《あいまい》な態度が、一番、先輩のことを傷つけてたなんて、知らなかった」

「でも、だから、それが分かってたから、もっとあたしが、ちゃんと言ってたら……」

「あの時は！　そうならなかったんですよ」

先輩の言葉を遮《さえぎ》って、俺がそう言い切ると、先輩の目にまた涙が滲《にじ》んだ。

「俺も未熟で……先輩も、結局、俺の生き方に口は出さなかった。お互いに、深く踏《ふ》み込む勇気がなかったんです」

俺だって、思ったことがある。よく覚えている。

先輩はいつも考えていることが分からなくて、うっすらと微笑《ほほえ》むその表情の裏で、俺のことを本当はどう思っているのか、何度も何度も、確かめたいと思った。

でも……できなかった。

はっきりと訊くのが、怖《こわ》かったからだ。

きっと、彼女も同じだ。

俺の生き方や在り方に口を出すことを、彼女自身が是《ぜ》としなかった。

ただ、それだけなのだ。

「だから。だから……」

俺も、胸の奥が熱くなった。目の奥がじんとして、涙が出そうになる。

「どうしようも、なかったんですよ。俺たちは……」

少しだけ鼻声になって、それが恥《は》ずかしくて、今度は俺が項垂れて、顔を隠《かく》した。

気付けば、頭を下げていてもわかるほどに、あたりは暗くなっていた。夕方を通り過ぎて、夜になろうとしている。

二人が黙《だま》ってしまうと、火山からコースターで落ちていく人たちの悲鳴が、何度も聞こえてきた。

「……そっかぁ」

数分間の沈黙《ちんもく》の後、先輩は、ため息交じりに言った。

「どうしようもなかったのか、あたしたち……」

「……うん、そうです」

「そっかそっか……」

何度か頷《うなず》いて、彼女は、すくっと立ち上がった。

そして、ひんやりとした手で、俺の手を取る。

「よし！　もう一周歩くか！」

先輩はにこりと笑って、俺の手を思い切りぐいと引いた。

「おお……っ」

引かれるがままに椅子《いす》から立ち上がり、俺はぱちくりと何度かまばたきをして、彼女を見た。

俺と目を合わせたのちに、先輩は目じりの涙を人差し指で拭《ぬぐ》ってから、ニッと笑った。

「夜の遊園地を歩き回るなんて最高じゃん。オトナの世界だ」

「……そう、ですね」

「うん！　喋《しやべ》ってたら足も休まった！」

溌剌《はつらつ》とそう言う神田先輩は、すっかりいつもの様子だった。

この切り替《か》えの早さに紛《まぎ》れてしまって、俺はいつも彼女の本質を見失ってしまう。

「あの、先輩……！」

「うん？」

俺はさっさと歩きだそうとする先輩を、はずみで呼び止めてしまった。

彼女は振《ふ》り向いて首を傾《かし》げたが、肝心《かんじん》な言葉が、まったく出てこない。

そもそも、俺はどうして彼女を呼び止めたのだろうか。

呼ぶだけ呼んでフリーズしてしまった俺を見て、神田先輩はふっと失笑《しっしょう》した。

そして、ツカツカと俺の隣《となり》に寄ってきて、するり、と俺の手の指の間に、自分の指を絡《から》ませた。

「やっぱ手繋《つな》いで歩く？」

「え、いや……」

俺は口をぱくぱくと開閉してから、観念して項垂れた。

「まあ、いいですよ、もう……そうしましょう」

「ふふ、いよいよデートなんじゃないか？　これは」

「もうなんでもいいです。今日は付き合いますよ、最後まで」

俺が言うと、くすくすと笑って、先輩はいたずらっぽく首を傾げた。

「最後までっていうのは、どこまで？　ホテルまで？」

「馬鹿言わないでください」

「お堅《かた》いなぁ吉田は。恋人もいないんだからいいじゃんべつに」

「恋人以外とは寝《ね》ません」

「普通《ふつう》さ、高校の時にバチバチにヤりまくってた女と数年ぶりに再会したら当然のようにホテル入って、ドロドロのセックスしてヨリ戻《もど》すってのが定石でしょ」

「夢のテーマパークでバチバチにヤるとか言わないでくれませんか」

軽口をたたき合いながら、ゆっくりと二人で歩く。

ひんやりとしていた先輩の手が、俺の手の温度に少しずつ近づいていくのが分かった。

女性とこんなふうにしっかりと指を絡めて手を繋いだことなんて、それこそ高校以来だったので、大人げないことに非常にドキドキしてしまっていた。

ただ……それはあくまで、状況《じょうきょう》にドキドキしているだけなのだと、分かっている。

ヨリを戻す、なんてことを言いながらも、先輩もそれが分かっていると、伝わってきていた。

俺たちは、9年も経《た》ってから、高校生の頃《ころ》にしたかったデートを……もう取り戻せないそれを、ゆっくりと焼き直していた。

海風が揺《ゆ》らす神田先輩のくせっ毛を横目に見て、俺は一度だけ、洟《はな》を啜《すす》った。

＊

「ふ〜、さすがに疲《つか》れたな」

「結局もう一周歩きましたからね」

「でも夜になるとまた雰囲気違《ふんいきちが》って面白《おもしろ》かったな」

広大なパーク内をもう一度一周し終えたころには、すっかり日は暮れて夜になっていた。

再び戻ってきた巨大《きょだい》な地球儀《ちきゅうぎ》の前の休憩《きゅうけい》スペースで、先輩はヒールを脱《ぬ》いで足首をさすっている。

「靴擦《くつず》れしちゃいました？」

「うん〜、ちょっとね。こんなに歩くと思ってなくて、ヒールで来たのが間違いだったわ」

「帰り道が大変ですね……」

ここから自宅に帰るまで靴擦れしたままというのは、想像するだけでも大変そうだった。

しかし、当の本人はあっけらかんと首を横に振った。

「んや、もうこれは履《は》かないから大丈夫《だいじょうぶ》」

「え？」

「ほら……じゃーん！　これ」

先輩《せんぱい》はパーク内で途中《とちゅう》で立ち寄ったお土産《みやげ》屋の袋《ふくろ》をがさごそとやってから、その中からおもむろに派手な色のサンダルを取り出した。

「こんなこともあろうかとサンダルを買ったのさ」

「ああ……帰りに履く用だったんですね」

お土産屋で突然《とつぜん》サンダルを買いだす先輩を見ていたものの、突飛な買い物も彼女らしいと特に違和感《いわかん》を覚えずにいた。

「そそ、これに履き替えて帰ればかかとも痛くなくて万事《ばんじ》オッケーというわけ」

「でも、ヒールが荷物になっちゃいますね。持つには重いでしょう」

俺がそう言うと、先輩はぱちくりとまばたきをしてから、ふっ、と噴《ふ》き出した。

「ふふ、これはもういいんだよ」

「え？」

俺がきょとんとするのを横目に、先輩はさっさとサンダルに履き替えて、椅子から立ち上がる。

そして、すたすたと歩いて、近くにあったゴミ箱に、黒いヒールをためらいなく突《つ》っ込んだ。

「え⁉　ちょっと‼」

俺が慌《あわ》てて駆《か》け寄ると、先輩は「どうした？」という表情で首を傾げた。

「ほぼ新品だったじゃないですか！」

「あー、まあそうだね」

「な、なんで捨てちゃうんですか……似合ってたのに」

俺がそう言うと、先輩の瞳《ひとみ》がまた少しだけ揺れた。

そして、すぐに、何かをごまかすように笑った。

「あはは、その言葉だけで、もう十分だわ」

「へ？」

先輩はゴミ箱を一瞥《いちべつ》してから、何度か、うんうん、と頷いた。

そして、ゆっくりと言った。

「あれは……吉田とのデート用に買った靴《くつ》だから」

「……ッ」

「だから、もういいんだ。履くこともない」

俺は、なんと言ったらいいかわからなかった。

俺とのデート用に買った靴。彼女は「いつ」と言わなかったが、なんとなく、俺にも分かってしまった。

今ゴミ箱へ入ったその靴は、きっと……俺と先輩の、最後の、形ある思い出だったのだ。

「これで、全部終わったな、吉田」

「……先輩」

「今日はありがとう」

先輩がニッと笑うのを見て、俺はついに、目の奥の熱さをこらえられなくなった。

「……くっ」

嗚咽《おえつ》を漏《も》らして俺が下を向くと、先輩はけらけらと声を出して笑って、俺の背中をバシッと叩《たた》く。

「吉田が泣いたの初めて見た」

「……こちらこそ、ありがとうございました」

俺が言うと、先輩は、優《やさ》しく俺の背中を撫《な》でてから。

「うん」

とだけ、柔《やわ》らかい声色《こわいろ》で、言った。

みっともなく泣く俺と一緒《いっしょ》に、先輩はうっすらとした笑《え》みを浮《う》かべたまま、遊園地を出た。

複数のパークを繋ぐモノレールに乗って、帰りの電車が出る駅まで向かう。

その間、俺と先輩はずっと、無言だった。

お互《たが》いに、今までの思い出を反芻《はんすう》していたのだと思う。

駅の改札に着いた時、先輩はぴたりと立ち止まって、手を振った。

「せっかくだしあたしはこの辺のホテルに泊《と》まってくよ。もう帰るのもめんどくさいしさ」

「……そうですか、わかりました」

「うん。吉田はちゃんと、帰りな」

そう言う神田先輩の表情は驚《おどろ》くほどに穏《おだ》やかで、俺も、それに返すように微笑《ほほえ》んだ。

先輩はもう一度ゆるやかに手を振って。

「さよなら、吉田」

と、言う。

俺も、姿勢を正して。

「さようなら、先輩」

と……返した。

踵《きびす》を返して、ふらふらとどこかへ歩き出す先輩の背中を数秒間見つめてから、俺は改札をくぐり、ホームへと向かった。

ホームに続く階段を上ろうとして……俺は、思わず振り返った。

そこには、裸足《はだし》で俺に忍《しの》び寄る先輩は……いなかった。

「はは……」

思わず一人で笑って、俺は階段に足をかける。

じわりと、視界がゆがむのが分かった。

情けないにもほどがある。

すべて、終わったのだ。

あの頃出会って、できなかったことを、やり直して。そうして……今度こそ、きちんと、終わった。

そのことが本当に寂《さび》しくて……同じくらい、誇《ほこ》らしかった。

こうして、俺の青春が……ようやく、幕を閉じた。

そして、ようやく、〝これから〟が始まるのだ。

手にはまだ、ひんやりとした先輩の手の感触《かんしょく》が残っている。

この感触もいつか忘れてしまうのだろう。

そう思いながら……俺はぎゅっ、と、確かめるように、自分の手を握《にぎ》りしめた。

15話

発熱

「吉田君、今日は後藤さん休みだから、なんか直接報告上げることあるときはメールのみで大丈夫だって」

「え、後藤さんが？　有休でしたっけ」

「いや、熱出ちゃったんだってさ」

「ええ……珍《めずら》しい……ちょっと心配ですね」

就業時間になる少し前に、小田切課長が俺の席にやってきて、後藤さんが休みという旨《むね》を伝えてきた。

「ひとまず了解《りょうかい》です。俺の方では特に後藤さんに上げるような報告は今日はないと思いますので」

「そうか、わかった。それじゃあ今日もよろしく」

課長が自席に戻《もど》っていくのを見送ってから、俺は息をついた。

俺の記憶《きおく》では、後藤さんが体調不良で会社を休んだことは今まで一度もなかったような気がするので、珍しいこともあるのだなと思うのと同時に、少し心配だった。

「初めてじゃない？　後藤さんが体調不良で休むの」

隣《となり》の席の橋本が横目で俺の方を見ながら声をかけてくる。

「俺の知る限りでは、一度もなかったと思う」

「逆に、5年間一度も体調不良も仮病《けびょう》もナシってのは驚異《きょうい》的だと思うけどね」

「まあ、確かに……」

俺も身体《からだ》は弱くないので、しょっちゅう体調を崩《くず》すということはないが、それでも5年の間で何度かは、ひどい風邪《かぜ》をひいたりで会社を休んだことはある。

女性の一人暮らしで、5年間一度も平日に体調を崩さないというのは、凄《すさ》まじく徹底《てってい》した体調管理を行っているのだろうと想像できた。

「おはようございます。後藤さん、休みなんです？」

気づけば三島も俺のデスクの隣まで来ていた。

「おはよう。そうらしい。まあいつもめちゃくちゃに働いてる人だからな……今日明日くらいはゆっくり休んだらいいんじゃないか」

俺がそう言うと、三島はなぜか少し膨《ふく》れっ面《つら》になって、唇《くちびる》を尖《とが》らせて見せた。

「吉田センパイ、私が休んだら絶対そういうことは言わないんでしょうね」

「お前が休んだらまず仮病を疑う」

「ほら！　ひどいじゃないですか！」

軽口に軽口で返しただけだというのに、三島はわかりやすくぷりぷりと怒《おこ》り出した。

俺は苦笑《くしょう》を漏らして、首を傾《かたむ》けた。

「それより、なんだよ。なんか渡《わた》しに来たんじゃないのか？」

「ああ、そうでした。昨日上がる前に提出できなかったデータ、サーバーに上げといたので確認《かくにん》お願いします」

「了解」

三島はいつも、社内ツールのメッセージで済むような内容を直接伝えに来る。さんざん「メッセージでいい」と言ったが、やめる気配がないので、もはやこれは彼女のこだわりなのだろう。

本人が決めてしまっている領域にいくら口を出しても仕方がないので、もうこれについては俺が慣れる方向に考えをシフトすることにした。

席に戻っていく三島を横目に、業務開始の準備を始めようとPC上にツールを立ち上げ始める。

この「ツールの立ち上げ」という作業の間に、少しずつ頭を「仕事するぞ」というモードに切り替《か》えていくのだ。

しかし、そのルーチンを遮《さえぎ》るように、ポケットに入れていたスマートフォンが振動《しんどう》した。

取り出して確認すると、メッセージアプリの通知が画面に表示されている。

送り主は……後藤さんだった。

「え……？」

慌てて画面をスワイプして内容を確認する。

『今日は会社を休んでしまってごめんなさい』

『熱を出したのなんて数年ぶりで、思った以上に身体が動かなくて困っています』

『良ければ、お仕事が終わった後にいくつか買い物をしてうちに寄ってくれませんか』

『無理はしなくて大丈夫《だいじょうぶ》です』

その文章を読んで、俺は身体が緊張《きんちょう》で固まり、変な汗《あせ》が分泌《ぶんぴつ》されるのを感じた。

確かに、大人になってからの風邪というのは想像以上につらく、身体を動かすのもやっとだというのは理解できる。

食べ物や飲み物、その他《ほか》いろいろの用意に困ってしまうのも、わかる。

しかし分からないのは、「なぜ、俺？」というところであった。

俺が後藤さんと恋仲《こいなか》にあるなら、自然な流れではあるのだが、今はまだそういう仲ではない。

いや、まあ、後藤さんの気持ちはすでに聞いているので、意中の男という意味では俺は該当《がいとう》するのかもしれないが……。

に、しても、だ。

まだ付き合ってない男を家に呼ぶというのは、いささか不用心ではなかろうか。

いやいや、しかし。

俺も、後藤さんにフラれた日、酒の勢いで「俺の家に来ませんか」などといくつも階段をすっとばしたことを言ってしまったので、そこに関しては人のことを言えない気もしてきた。

とは、いえ。

不埒《ふらち》な気持ちで家に行くのもどうかと思うし、後藤さんに求められたとしても相手は病人で、恋人でもなく……。

高速で思考がぐるぐると廻《まわ》るが、その内容はひどく錯乱《さくらん》していて、自分でも結局なにを考えているのかわからなくなってくる始末だった。

「どうした？」

俺が突然《とつぜん》フリーズしたのを見て、隣の橋本がスッとスマートフォンの画面を覗《のぞ》き込もうとしたので、俺は慌《あわ》ててそれをポケットに突《つ》っ込んだ。

「なんでもない！」

「……明らかになんでもないって様子じゃなかったけど」

「いや、大丈夫だ。ほんとに」

「沙優ちゃんからなんか言われた？」

「ま、まあ、そんな感じだ」

普段《ふだん》、メッセージが届くのは基本沙優から以外にないので、それが幸いして、橋本の予想は沙優の方へ逸《そ》れたようだった。

納得《なっとく》した様子はなかったが、俺がこれ以上この話題で話をする気がないと分かったのか、橋本はそれ以上追及《ついきゅう》してこなかった。

それから少しの間、いつも通り仕事の準備を進め、そそくさと俺はトイレに向かう。

個室に入り、スマートフォンを取り出して。

『大丈夫ですか？　こちらの終業後もまだ体調つらいようでしたら、伺《うかが》います』

という文章を、数分うんうんと唸《うな》った後に、送った。

まさかこんな形で後藤さんの家へ行くことになるとは想像だにしていなかったので、今日はまったく仕事に集中できる気がしなかった。

急いでPC前に戻り、深呼吸をしてから、俺は平常心を心がけて、今日も仕事を始める。

＊

「吉田センパイ、お疲《つか》れ様です。こっち終わりましたけど……ど、どうですか？　そっちは……」

「終わる気配がない……」

こういう日に限って……仕事は山積みだった。

定時直前に、自分のタスクを終えた三島が俺のデスクにおそるおそる近寄ってきた。

社内メッセージを見ていれば、俺や橋本のタスクがとんでもないことになっているのはわかっていたからだろう。

「なんか手伝えることありますかね？」

三島が言うが、正直、今日残っている業務内容については、三島に作業をさせてダブルチェック、トリプルチェックを発生させるよりは、すでに仕様を把握《はあく》しているメンツのみで回して相互《そうご》確認をして終わらせた方が早いものばかりだった。

「いや、今日は大丈夫。三島は先に上がっていいぞ」

俺が言うと、三島は申し訳なさそうに頭を下げてから、「お疲れ様でした」と言った。

明らかに俺と橋本をちらちらと見ながら自席に戻っていく三島を見送って、俺はまたPCの画面に視線を戻す。

まずい。

後藤さんに、終業後に行くと言ってしまったが、残っているタスクからして、これは終電間際《まぎわ》まで帰れないコースだった。

この業界では、クライアントからの戻しのタイミングが急であったり、エラー報告が同じ日に重なったりで、突然タスクが膨れ上がることがままあるのだ。

それが、よりによって、今日に起こってしまった。

俺が後藤さんの家に行けなくて残念……という気持ちは、まあ、俺の個人的なものなのでひとまず措《お》いておくとして、久々の病気に弱っている人を放《ほう》っておくのは本当に心苦しかった。

俺にメッセージが来たという時点で他の人には頼《たよ》っていないのだろうし、俺以外で、今日手が空いていて、かつ後藤さんの家に行っても問題のないような社員など……。

そこまで考えて、俺は飛び上がるように椅子《いす》から立ち上がった。

「三島!!」

「はい!?」

自席で荷物をまとめていた三島に声をかけると、彼女は驚《おどろ》いたように肩《かた》を震《ふる》わせて、俺の方を見た。

「な、なんかやることありました？」

「ある！」

俺はそう言って、三島を執務《しつむ》室の外へと連れ出した。

＊

家に食料の備蓄《びちく》がないことをこれほどに後悔《こうかい》したことはなかった。

別段、何か特別なことをしていたわけでもないのに、社会人になってから体調を崩《くず》すことがまったくといっていいほどなかったのが裏目に出てしまったともいえる。

いくら熱を出して身体《からだ》が重いとは言っても、1日中何も食べなければお腹《なか》は空《す》いてくる。常に胃がムカムカとしているけれど、中身がからっぽであるからなのか、それとも発熱に起因して吐《は》き気が来ているのかも分からず、とにかく身体的なストレスだけが蓄積《ちくせき》していく。

おかゆを作ろうにもまずお米がないし、それを買いに行く気力もまったく湧《わ》いてこなかった。

「はぁ……」

ごろりとベッドの上で寝返《ねがえ》りを打って、私はため息をつく。

午前中はひたすらに寝ていたので、日が暮れ始めるころには寝転がっていても眠《ねむ》ることができなくなっていた。

枕元《まくらもと》に置いていたスマートフォンを手に取って、メッセージアプリを開く。

会話リストの一番上にあった「yoshida-man」という名前をタップすると、吉田くんとのメッセージログが表示された。

『大丈夫ですか？　こちらの終業後もまだ体調つらいようでしたら、伺います』

その文字列を見て、少しだけ、自然と口角が上がる。

朝、自分が高熱を出したことに気が付いて、会社に連絡《れんらく》をした後。真っ先に思い浮《う》かんだのは吉田くんの顔だった。

病気になると誰《だれ》かに甘えたくなる、というのはテレビなどで何度か聞いたことのある言葉だったが、大人になってから病気らしい病気にほとんどかかってこなかった私にはあまりピンと来ていなかった。

しかし、いざその状況《じょうきょう》になると、その言葉は思った以上に「言葉通りの意味であった」と分かる。

看病を頼《たの》むというのはある程度親密な仲でなくては難しいし、両親はそんなに気軽に来られる場所には住んでいない。

会社で私が社外でも関《かか》わりがあるのは会社の幹部を担《にな》っている人ばかりで、驚くべきことに、その中で「家庭を持っていない」のは私だけなのだ。妻帯者を女性の一人暮らしの家に呼ぶことなどできるはずがない。

いろいろと心の中で言い訳を重ね、私は慎重《しんちょう》に文面を考えたのちに、吉田くんに連絡をした。

すぐに既読《きどく》がつき、数分後にあの返信がきたのだ。

返信がきてからというもの、私は眠りから覚めるたびにそれをぼんやりと眺《なが》めて、また眠るという行動を繰《く》り返した。

普段の平日は会社で忙《いそが》しく動き回っているので、休日以外で家でベッドの上に転がっているのはどうも落ち着かない。

とはいえ、何度か起き上がってみても、身体がだるすぎて何かをする気にはなれなかったし、しっかり横になっていないと風邪《かぜ》を悪化させてしまいかねない。

「大人の休みって……暇《ひま》ね……」

高校生の頃《ころ》は、熱が出て学校を休むのはなんだかワクワクしたのをよく覚えている。つらいのは朝だけで、夕方頃《ごろ》には熱も引いてきて、プリントを届けに来てくれた仲の良《い》いクラスメイトとちょっと談笑《だんしょう》したりして。

あれはすべて、若いからこその感覚だったと思い知る。

久々の風邪は、思い出の中にある「風邪休み」の数倍はつらくて、寝ても寝ても良くなる気配はなく、ただただ「何もできない時間」が続くだけだった。

「吉田くん、早く来ないかなぁ……」

そんな呟《つぶや》きと共に、もう一度スマートフォンの画面を見ると、ちょうどそのタイミングでそれが通知のバイブで揺《ゆ》れた。

「……？」

メッセージアプリの通知だったけれど、その送り先は今まで見たことのないものだった。

タップしてメッセージ内容を開いて、私はさらに目を丸くした。

『三島です。吉田先輩《せんぱい》から連絡先聞きました』

時刻を見ると、ちょうど定時を過ぎたころだ。

何が起きているのか考えるよりも先に、次のメッセージが届く。

『先輩、今日はタスクが山盛りで帰れそうにないので、代わりに私が後藤さんの家にお伺いしても良いですか？』

私は数秒フリーズした後に、思わず、ぷっ、と噴《ふ》き出した。

「ほんと、ままならないわね……」

呟いてから、私は画面をぽちぽちと押して、返事を書きだすのだった。

＊

「うわ、タワマンじゃん……一人で住むとこじゃないでしょ……」

指示された住所にナビ通りにたどり着くと、そこには高層マンションがそびえ立っていた。

タワーマンションに一人暮らしする人ってホントにいるんだ……という考えと共に、「実は結婚《けっこん》してるの」とか言い出さないだろうな……という疑念も沸き起こった。

でも、結婚しているのだとしたら夫が看病するだろうし、吉田先輩の代わりに私が来るという代替案《だいたいあん》が了承《りょうしょう》されている時点で、彼女は本当に一人なのだろうと思う。

「はぁ……気が重い……」

本当は吉田先輩に看病してほしかったのだろうから、私は一体どんな顔をしていればよいのかわからない。

自分が行けないから、と代わりに女性である私を寄こすのはいかにも先輩らしい考え方だけれど、そこにはまったく私の気持ちが考慮《こうりょ》されていなくて、さすがに腹が立った。

……そう言いながら引き受けてしまう自分にも、腹は立つのだが。

風邪薬や、即席《そくせき》おかゆ。フルーツゼリーに、スポーツドリンク、そして冷えピタ。病人に必要そうなものは大体買ってきたが、これで足りただろうか。

覚悟《かくご》を決めてマンションの入口の自動ドアをくぐる。

もう一枚の自動ドアの前に、銀色の、シンプルなボタンだけがついたパネルが設置されていた。この、「いかにも」という感じが、性格の悪い私にとっては非常に鼻につく。

眉間《みけん》にしわを寄せながら、メッセージに書かれていた部屋番号を入力して、「呼び出し」のボタンを押した。

インターホンの音がパネルから鳴り、数秒の末、「はい」と、聞きなじみのある声が聞こえた。

「三島です。お見舞《みま》いに来ました」

「わざわざありがとう。今開けるわね」

小さなスピーカーの向こう側から、明らかに弱った後藤さんの声が聞こえてきて、「あぁ、本当に病人なんだな……」と当然のことを再確認《さいかくにん》する。

すぐに電子音と共に内側の自動ドアが開き、エレベーターのあるエントランスへと入ることができたので、ボタンを押して待った。

エレベーターの階数表示を見ると、なんと「24F」からエレベーターが降下してきている。マンションの前に立った時から、ここが高層マンションであることはわかっていたものの、改めて数字で出されると思わず「会社かよ……」としょうもない呟きを漏《も》らしてしまった。

エレベーターが1階まで降りてきたので、それに乗り込んで、まずそのボタンの多さに圧倒《あっとう》される。

28階分あるボタンのうちから、7階のボタンを押した。

メッセージで後藤さんの住所をもらった時から、随分《ずいぶん》高い階に住んでるんだな……とは思っていたものの、28階中の7階と言われると若干《じゃっかん》低く感じるのは数字のマジックである。

7階に着き、メッセージを確認して、思った以上にある部屋数の中から、書いてある通りのドアのインターホンを鳴らした。

すぐにドアが開き、中から明らかに弱った様子の後藤さんが顔を出す。

「いらっしゃい。ありがとう、本当に」

「大丈夫《だいじょうぶ》ですか？　必要そうなものいろいろ買ってきましたけど……」

「助かる……さ、入って」

後藤さんがぐいとドアを押して大きく開いたので、私は「お邪魔《じゃま》します」と軽く頭を下げて、後藤さん宅に足を踏《ふ》み入れた。

玄関《げんかん》で靴《くつ》を脱《ぬ》ぎ、後藤さんに続いて廊下《ろうか》を進む。廊下は一人で住む家とは思えない程度に長さがあって、その途中《とちゅう》にいくつかの扉《とびら》があった。

廊下を抜《ぬ》けて、開きっぱなしの扉を通ると、そこはリビングだった。カウンタータイプのキッチンがついた広々としたリビング。キッチンまで含《ふく》めたら17、8畳《じょう》はありそうに見えた。

「広……」

思わずつぶやくと、後藤さんは何も言わずにくすりと笑った。

「こんなとこに一人で住んでたら寂《さび》しくないですか？」

私の質問に、後藤さんはほぼノータイムで頷《うなず》く。

「そうね。熱を出したら余計に寂しくなったわ」

「すみませんね、来たのが私で」

「ふふ」

私が露骨《ろこつ》な嫌《いや》みを言うのも気にせず、後藤さんは片手を上げて私の手に持った袋《ふくろ》の方へ視線をやった。

「買い物もありがとう。レシートある？」

「ああ、一応……」

レジ袋《ぶくろ》の中につっこんでいたレシートを探し出して、手渡《てわた》すと、後藤さんはその額を見てうんうんと頷いてから、リビングのテーブルの上に置いてあった財布《さいふ》からスッと500
0円札を取り出した。

「はい、これ」

「え、こんなにかかってないですよ」

「来てもらったお礼も含めて、よ」

「来てほしかったのは私じゃないでしょう」

私が困ったように首を振《ふ》ると、後藤さんはくすくすと笑った後に、ぐいとお札を私に押し付けた。

「確かに吉田くんに来てほしい気持ちはあったけど、一人で何もできなくて困ってる方が大きかったから。来てくれてありがとう」

なんの毒気もなくそう言われて、私は少し自分の屈折《くっせつ》した部分を恥《は》ずかしく思いながら頷いた。

「じゃあ、ありがたく……」

私は曖昧《あいまい》に言って、お札を受け取った。

後藤さんはにこりと笑ってから、私からビニール袋を受け取って、中身を見た。

「あら、ほんとにいろいろ買ってきてくれたのね……たすかる……」

一つ一つ中身を取り出していく後藤さん。

「あ、おかゆ……」

インスタントのおかゆを見て、後藤さんはつぶやく。

「今日、何か食べました？」

反射的に私が訊《き》くと、後藤さんは弱々しく首を横に振る。

「食べられるものが何もなくて……」

「朝から何も食べてないんですか⁉」

「そうなのよ」

「そうなのよ、って……」

頷きながらちょこんと食卓《しょくたく》の椅子《いす》に座ってしまう後藤さんを横目に、本当に彼女が弱っていることを再確認した。

オフィスでの彼女は、サカサカとせわしなく動いている印象こそないものの、ゆるやかな所作で、それでいて無駄《むだ》のない動きをしている印象がある。

そんな彼女が、今は力なく椅子に座りこんで、明らかに脱力《だつりょく》した様子だった。彼女の性格からして、「他人にわざわざそんな姿を見せたがる」タイプではないのは明白。ということは、後輩社員の前で格好つける余裕《よゆう》もないほどには弱っているということに違《ちが》いなかった。

「……おかゆかなんかで良ければ、作りますけど」

「ほんと!? 嬉《うれ》しいわぁ、可愛《かわい》い後輩社員にご飯を作ってもらえるなんて」

「からかわないでくださいよ……お米ってどこにありますか？」

私の質問に、後藤さんは数回、鳥のように首を傾《かし》げてみせてから、ぽつりと答えた。

「……ない、わね」

「……なるほど、ないんですか」

その返答に驚《おどろ》きつつ、キッチンできょろきょろとしてみると、確かに、炊飯《すいはん》器の置いてあるキッチンボードの下の方に、すっからかんになった米びつがあるのを発見した。

「タイミング悪くすっからかんですね」

「いや、もう数か月前からずっと入ってないかな……」

「ええ……ずっと外食ですか？」

「外食の時もあるし、買って帰ってくる時もあるし……」

「それでよく今まで風邪《かぜ》ひかなかったですね……」

呆《あき》れて息を吐《つ》くと、後藤さんは困ったように肩《かた》をすくめた。

「ほんとよね。自炊《じすい》、いつか習慣にしよう……って6年前くらいから思ってるけど、いまだにできてない」

「まあ、後藤さん明らかに多忙《たぼう》ですからね」

「そうはいっても、忙《いそが》しくても自炊ちゃんとしてる人もいるわけじゃない？」

「できる人と比べてもキリがないですよ」

言いながら、私はビニール袋から取り出したインスタントおかゆの作り方に目を落とした。

……実際、私も自炊をまったくしないわけではなかったけれど、毎日しっかりやれているかというと微妙《びみょう》なところだ。

面倒《めんどう》な日はコンビニで買ったもので済ませたり、外食して帰ったりすることも多々ある。

ほぼほぼ定時で帰れている私ですらそうなのだから、会社の幹部としてバリバリ働いて、肉体的にも精神的にも疲《つか》れているであろう後藤さんはもっと自炊は面倒だろうと思う。

会社の幹部なのだから、私よりは確実に給料ももらっているだろうし、お金があるなら外食が増えるのは仕方のないことなのかもしれない。

とは、いえ。

インスタントおかゆのパックを持ったままキッチンを見まわして、私は苦笑《くしょう》する。

本当に、彼女の言うように自炊をした形跡《けいせき》がまったくといっていいほど見られない。コンロは3口もあるのに何も置いておらず、油のこびりついたような跡《あと》もない。「綺麗《きれい》に掃《そう》除《じ》されている」というよりも「未使用」という印象が強い。

シンクにも1、2個のコップやマグカップが水を張って置かれている程度で、それ以外の食器の類《たぐい》は見られなかった。

コンロ、シンク……というふうに視線を移していくと、自然とキッチンの端《はし》に目が行き……そこには大きな半透明《はんとうめい》のゴミ袋に包まれた大量のハイボールの空き缶《かん》が……。

「ちょっと、あんまりじろじろ見ないでもらっていいかしら？」

「わぁ！　すみません！」

唐突《とうとつ》に真横から声をかけられて、私の身体《からだ》がびくりと跳《は》ねた。そして、悪気があったわけではないものの、自然と謝罪が口をつく。

「空き缶、結構溜《た》めちゃうのよね……ちゃんと洗ってるけどね」

私の視線をしっかり追っていたようで、まだ私は何も言っていないのに、後藤さんはもごもごとそんなことを言った。

「お酒、結構飲むんです？」

何の気なしに私がそう訊いてみると、後藤さんはなぜか顔を赤らめてから「まあね」と頷いた。

「ふっ」

私が思わず口元を綻《ほころ》ばせると、後藤さんは目を丸くしてから、わかりやすく憤慨《ふんがい》した表情になった。

「何よその顔は〜！」

「いやいや、初めて後藤さんの人間らしい部分を見たなと思って」

「なにそれどういうこと！」

ぷりぷりと怒《おこ》る後藤さんを横目に、私はまたインスタントおかゆに意識を戻《もど》す。

パックの裏を見ると、レンジで調理する場合と鍋《なべ》で調理する場合の2パターンの作り方が記されている。

明らかにレンジで作ったほうが楽だったけれど、私はあまり「電子レンジ」というものを信用していない。特に液状のものを温める時、指定の秒数温めてもぬるすぎたり、逆に熱くなりすぎて口内をやけどしたりと、なかなか融通《ゆうずう》がきかない。もっとも、それは私が使っている電子レンジが安すぎるだけなのかもしれないが……。

とにかく、「看病」という名目でやってきている以上、インスタントおかゆ1個もちょうどよい温度で作れないのは考えるだけで憂鬱《ゆううつ》だった。

そういったわけで、私はキッチンの中でわざとらしく視線をうろうろさせたのちに、

「鍋ってどこにあります？」と後藤さんに訊く。

後藤さんは突然《とつぜん》の話題転換《てんかん》に一瞬《いっしゅん》きょとんとしたのちに、「どこだったかしら……」と
キッチンをうろうろし始めた。

しゃがみこんで、キッチンユニットの下の棚《たな》を開けていく後藤さんになにげなく視線を
やると、胸元《むなもと》が大きく開いた部屋着から、零《こぼ》れんばかりの胸がその存在を主張していた。

「後藤さん……その格好で届け物受け取ったりしてないですよね……？」

思わず私がそう訊くと、後藤さんはふと視線を上げ、そして私の目線の先を見て、少し
恥ずかしそうに胸元の前に片腕《かたうで》をかぶせた。

「当たり前でしょ。大人なんだから、みっともないことしないわよ」

「ですよね……ちょっと心配になりましたよ」

「心配ってなによ」

「いやぁ、タワマンの一室からそんな恰好《かっこう》で荷物を受け取る独身女性が出てきたらねぇ……こう、アダルトコンテンツみたいじゃないですか」

「ふっ、なにそれ。それこそエッチな物語の中だけの話でしょ」

後藤さんは一笑に付したが、ちょくちょく橋本先輩《せんぱい》と吉田先輩の話を聞いている限りで

は、吉田先輩もその凶悪《きょうあく》な胸に大変ご執心《しゅうしん》なようだった。

彼女も確実に自分のその部位の男性に対する「特効」を理解しているだろうが、どうでもよさそうに笑う彼女を見ると若干《じゃっかん》もやもやした。しかし、これは明らかに嫉妬《しっと》なので、つとめて私はその感情を押し殺す。

何度か、「自分にも巨大《きょだい》な胸があったなら」と思ったことがあったけれど、そんなたらればは、考えるだけ無駄なのだ。

「あ！　あったあった」

後藤さんが棚の中からガラガラと音を立てて片手鍋を引っこ抜《ぬ》いて見せた。

「これで大丈夫《だいじょうぶ》？」

「ええ、それで。ありがとうございます」

私は後藤さんから片手鍋を受け取って、それに水道水をじゃばじゃばと注いだ。くるくると水を回して、それをシンクに捨てる。うっすらと溜まっていた埃《ほこり》を落とすためだ。

やはりこの鍋もほとんど新品に見えるほど、使った形跡がなかった。

おおかた、引っ越《こ》してきたときに「必要だろう」と買ったものの、結局自炊をしなかった……という経緯《けいい》なのではないかと思う。

鍋をコンロにおいて、スイッチを押す。チッチッチッという軽快な音の後に、くるりと円形に青い火がついた。

二人並んで、数秒間、火にかけられている鍋を眺《なが》めていた。

その状況《じようきよう》に、ふつふつと疑問が湧《わ》いてきて、私は思わず噴《ふ》き出した。同じタイミングで、後藤さんも笑う。

「とりあえず、お湯が沸《わ》くまでは座ってたらどうですか。病人なんですから……」

「そうする」

「ポカリ飲みます？」

「のむ」

会社での会話とは少し違って、明らかに気の抜けた後藤さんの言葉の一つ一つに、私は少しだけ親近感を覚えた。

やはり、素《す》で話している人の方が好きなのだ。逆に言えば、「完璧《かんぺき》な外面《そとづら》」で武装されている状態の人は苦手。普段《ふだん》の後藤さんは明らかに後者なので、積極的にコミュニケーションをとろうとは思えない。

今なら、少しくらいはお互《たが》い本音で話せるのではないか、と、思った。

「……正直、吉田センパイが私に代わりに行ってくれ、って頼《たの》んできたときはドン引きしましたよ」

私が言うと、食卓《しょくたく》に座ってちびちびとスポーツドリンクを飲んでいた後藤さんがきょとんとした顔でこちらを見た。

「ドン引き？」

「そうですよ。だって、後藤さんが吉田センパイを呼んだ意味、全然分かってないってことじゃないですか」

「ふふ、なるほど、そういうことね」

私が言うと、後藤さんはくすりと笑って、首を縦に振《ふ》った。

「まあ、確かに。正直に言えば、吉田くんに甘えたい気持ちはあったわよね」

「ですよね」

「こういうときでもなければ、本当の意味で二人きりになるチャンスもないし」

後藤さんはそこまで言ってから、小さく息を吐いた。私はそれを横目に、後藤さんよりも大きくため息をついてしまう。

「吉田センパイ、こういう時は『どんだけ遅《おそ》くなっても行きます！』とか言ってやるべきなんですよ。いらんところで男気あるのに、こういう時だけは意気地《いくじ》がないんですよね」

「うーん、それはどうだろう」

後藤さんはスポーツドリンクの半分ほど入ったコップをテーブルに置いて、その縁《ふち》を指で触《さわ》った。

「多分、吉田くんは、私の体調が悪いってことのほうを重要視してくれたんじゃない？」

「……まあ、そうなんでしょうけど」

「それに、あんまり遅く来て終電とかなくなっても困るって思ってたんじゃない？」

「普通、好きな人の家に行くなら終電なくなってほしいと思うもんなんじゃないですか？　わかんないですけど」

「普通はそうかもね、普通は」

後藤さんは明らかに「普通」という言葉を強調して言って、そしてくすくすと笑った。

そう、吉田先輩は普通ではない。私も後藤さんも、彼のそういうところに魅力《みりょく》を感じているのは間違《まちが》いないけれど、さすがに今回のことは私はもやつかざるを得なかった。

明らかに意中の女性と二人きりになるチャンスなのに、仕事だからって後輩を寄こすヤツがあるか。と、思いながらここに来た。

断り切れなかったのは、吉田先輩があまりに真剣《しんけん》に頼み込んでくるからだった。

そんなことを考えている間に、鍋の中の水の表面が、ゆらゆらと波打ち始める。少しずつ温度が上がってきているのだ。

「三島さんって」

ふいに声をかけられて、私はぴくりと震《ふる》えてから後藤さんの方に視線を移動させた。

「いろんなことに感情移入しちゃって、大変そうね」

「へ？」

私が素《す》っ頓狂《とんきょう》な声を上げると、後藤さんはまたくすくすと笑った。

「だってそうでしょ。あなたにとっては、ここに吉田くんが来るなんて事態は、意地でも阻止《そし》したいようなことじゃない？」

「ま、まあそれはそうですけど……」

「でも、あなたはここに来なかった吉田くんに怒ってる。自分の欲《よく》を優先しない彼にイライラしてるでしょ」

言われて、私は返す言葉がなかった。

確かに、後藤さんの言う通りだ。私が怒っているのはそこだ。

吉田先輩はいつもいつも、自分の感情よりも目の前の「困っている人の事情」を優先する。そして、それに対してなんの疑問や不満を覚えていないことに、無性《むしょう》に腹が立つのだ。

自分の幸福を犠牲《ぎせい》にしてまで、他人に奉仕《ほうし》する心。そして、それに満足している怠惰《たいだ》なところ。

好きな相手なのに、彼のそんな姿に非常にうんざりする。

好きと嫌《きら》いは、両立するのだ。

「案外、吉田くんと三島さんは似たもの同士なのかもね」

「……どういうことですか？」

私が訊《き》くと、後藤さんは、少し上目遣《うわめづか》い気味に私を見た。これは多分彼女の癖《くせ》だ。何か確信めいたことを言う時は、いつもこういう顔をする。彼女のそういう顔が、私は苦手だった。

なぜなら、そのあと彼女から飛んでくる言葉は、確実に私の胸を抉《えぐ》ると、想像がつくから。

「三島さんも、自分のことよりも他人のことばっかり考えてるってこと」

「そんなことないですよ。私は私の幸せが一番です」

「そうかしら。だったら今日の吉田くんにムカついたりすることはないと思うけど。『吉田先輩と後藤さんが二人きりにならなくてよかった！』って満足して、終わり。そうでしょ？」

「それは……」

「俯瞰《ふかん》しすぎなのよ、きっと」

後藤さんはそう言って、また、コップの縁を指で撫《な》でた。

「あなたは、吉田くんよりもずっと、『当事者意識』がないの。人と人の関係性を、その間で起こってることを、ぐっと俯瞰して見てる。そして、その間にある『感情と行動のズレ』が気になって気になってしょうがない」

「そんなことは」

ない、と言い切れるだろうか。

そんな考えが一瞬頭を過《よぎ》った途端《とたん》に、次の言葉が出なくなった。

「この前、あなた、私に怒《おこ》ったわよね。何もしないことで欲しい結果が失われるのを黙《だま》ってみているのか、って」

「……そうですね」

彼女の言わんとしていることは、もうわかっていた。でも、私は何も言えない。

鍋のお湯が、ふつふつと、小さな泡《あわ》を立て始める。

「そういうあなただって、言うほど本気で、吉田くんのこと奪《うば》いに行ってるのかしら？」

想像していた通りの質問が飛んできて、私は口を噤《つぐ》んだ。

返す言葉が、見つからないからだ。

私の「そういうところ」は、自分でもよく分かっているつもりだった。

私の欲望《よくぼう》は、私にとって間違いなく大切なものだ。

けれど、私に欲望があるのと同じように、他《ほか》の人にも欲望があって、それを侵害《しんがい》する権利が自分にあるようには思えないのだ。

誰《だれ》もが自分の欲望を追い求めて良《い》いと思うし、それを誰かに意図的に邪魔《じゃま》されるようなことはあってはならないと思う。

けれど、その考えは、「自分の欲望を追い求める」という道においては、目的と相反しているとも言えてしまう。

だから、私はときどき自己矛盾《むじゅん》を起こして、一人でその苦しみを噛《か》み締《し》めるほかに、ない。

私は、明確に、私が吉田先輩の眼中にないことを理解していて、それを認めつつある。

そのうえでどうするべきなのかを、ずっと、考えているのだ。

「わ、私は……」

何を言うのかも定まらないのに、私が口を開くと。

「な～んてね！」

後藤さんは、おどけた様子で肩《かた》をすくめて、にこりと笑って見せた。

「看病に来てくれた子に意地悪しちゃダメよね」

後藤さんはそう言って食卓の椅子《いす》から立ち上がった。そのまま私のそばに寄ってきて、鍋《なべ》を覗《のぞ》き込んだ。

「お湯、沸いてきたわね」

「……そうですね」

私は小さく息をついてから、インスタントのおかゆのパックをつまんで、くつくつと煮《に》立《た》ったお湯の中にゆっくりと投入した。

それを真横で見て、後藤さんはぽつりと言った。

「これなら、私でもできたかも」

そのシンプルな感想に、私は思わず失笑《しっしょう》してしまう。

「ふっ、じゃあこの後は自分でやります？　あとはパック開けてお皿に入れるだけですよ」

「いやよ、ここまで来たら会社の後輩《こうはい》に全部作ってもらいたいもの」

「なんですかそれ」

「ひとに甘えたくて助けを呼んだんだもの。いいでしょ、それくらい？」

後藤さんは少し甘い声でそう言ってから、くすくすと笑う。

そして、打って変わって、落ち着いたトーンで、言った。

「来てくれてありがとうね。本当に、一人で心細かったのよ」

「……はい。まあ……それなら、来て良かったです」

「ふふ」

珍《めず》しく素直《すなお》に礼を言われて、私はガラにもなく少し照れてしまった。ぼそぼそと返事をすると、後藤さんは可笑《おか》しそうに笑った。

あっという間におかゆの指定の茹《ゆ》で時間が経《た》ち、私はパックの端《はし》をちょんとつまんで鍋から取り出し、それの表面を少しだけ水で流す。そうしないと熱すぎてパックを開けられないからだ。

ぺりぺりと慎重《しんちょう》にパックを開けて、後藤さんが出してくれたほどよいサイズのお皿におかゆを注ぎ入れた。

全然使わないくせに、調理器具やお皿は一式そろっているところが、なんだか彼女らしいような気がする。

「はい、できましたよ」

「ふふ、三島さんお手製おかゆね」

「インスタントですよ」

「そうだけど、でも、なんかいいな」

後藤さんはそう言って、少女のように笑った。そういう笑い方もできるんじゃないか、と思う。

「誰かにご飯作ってもらったのなんて、実家にいたころ以来だわ」

言いながら、どこかうきうきとした様子でお皿を両手で持ち、食卓《しょくたく》にいそいそと向かう後藤さん。

そのまま再び食卓につき、手を合わせる。

「いただきます」

後藤さんはスプーンでおかゆを掬《すく》い、ほかほかと湯気を立ち上らせるそれをふーふーと吹《ふ》いた。

そして、ゆっくりと口に運び入れた。

もぐもぐと咀嚼《そしゃく》してから、彼女は驚《おどろ》くほど可憐《かれん》に、その顔を綻《ほころ》ばせた。

「うん、美味《おい》しい。ありがとう、三島さん」

「……だから、インスタントですって」

彼女の嫌《いや》みなほどに美しい笑顔《えがお》に、私は思わず目を逸《そ》らして、照れ隠《かく》しに鼻の頭を掻《か》いた。

後藤さんのこんな表情を見ることがあれば、吉田先輩ももっと彼女が好きになってしまうだろうと容易に想像ができて、そういった意味では、本当に今日は私が来て良かった、と思う。

そんな私をじっと見て、後藤さんはいたずらっぽく笑ってから、言う。

「やっぱり、三島さんって、可愛《かわい》い」

それを聞いて、私は思わず顔をしかめる。

「……後藤さんは、やっぱり苦手です、私」

私がそう言うと、後藤さんは目を丸くして、そして、心底楽しそうにくすくすと笑った。

「私は三島さん好きだけど？」

「やめてください、ほんとに」

手も首もぶんぶんと横に振《ふ》って私が嫌がると、後藤さんはさらに可笑しそうに笑う。

そんな彼女を見て、私も、少しだけ彼女のことが嫌いでなくなったような気がした。

本当に少しだけ、だけれど。

「ふふふ」

16話 小説

向かい側に座るあさみが、数分前からうつらうつらと船を漕《こ》ぎだしていた。

声をかけるべきか迷ったけれど、明らかに疲《つか》れた様子だったので、自分の参考書に視線を落としながら、しばらく放《ほう》っておいてみることにする。

ふと時間が気になって、スマートフォンの画面をつけると、17時を少し過ぎたころだった。

つまり、あさみといつもの勉強会を始めてから、まだ2時間とちょっとしか経っていないということ。

いつもは3時間くらいは余裕《よゆう》で集中して勉強を続けるあさみが、途中《とちゅう》で居眠《いねむ》りをしているというのはかなり珍しかった。

休まずしっかり学校に通い、週に3、4回はバイトのシフトに入っているあさみ。その割にいつも元気だなぁと思っていたけれど、たまには疲れが溜《た》まることもあるのだろう。

努力家な彼女のことであるから、起こさないで放っておいたらそれはそれで「なんで起こしてくれなかったし！」と怒り出すような気がするものの、やはり休ませてあげたいという気持ちが勝ち、私は再び自分の手元のノートにペンを走らせ始めた。

今日は、あまり得意でない『数学Ⅱ』の勉強をしている。文系科目は分からなければあさみに訊《き》けばかなり詳《くわ》しく教えてくれるので大体理解できるのだけれど、数学についてはあさみも苦手分野だし、吉田さんは「全然覚えてねぇ」と言うばかりなので、本当に独りで学ぶしかない。

「複素数……ふくそすう」

小さな小さな声で呟《つぶや》きながら、参考書の解説部分に目を通す。

ちゃんと高校に通っていたころから、理系科目は苦手だった。公式を覚えて、それを問いに当てはめていくという過程の中で、どうしても「なんでこの公式を使うと解けるのか」という部分が分からず、それが分からないとそもそも「どう問いの中の数字を当てはめるのか」というところで躓《つまず》いてしまう。

つまるところ私の場合は「公式の意味を理解する」というところから始まるわけだ。

「うーん……なるほど？」

説明を読みながら、特に理解したわけでもないのにとりあえずで「なるほど」とつぶやく。まずはここからが勉強のスタートだ。

「ん……あ～」

突然《とつぜん》、向かい側で首を垂れていたあさみが顔を上げて、ぼんやりとした目でこっちを見たので、私も顔を上げて、彼女の方を見る。

「起きた？」

「なんで起こしてくれなかったし……」

思った通りの発言を、思ったよりも弱い語気であさみが言うものだから、私はにやついてしまいそうになるのをこらえて、首を振った。

「明らかに疲れてるじゃん。ちょっと仮眠《かみん》とったら？」

私が言うと、あさみは引き続きぼんやりとした表情のまま、「あ〜」とふにゃふにゃな声を漏《も》らしてから。

「うん、そうしよかな」

と、珍しく素直に頷《うなず》いて、参考書を閉じ、机に突《つ》っ伏《ぶ》した。

「どれくらいで起こせばいい？」

私が訊くと、あさみは机に突っ伏したまま、「30分……」と言った。

「わかった。おやすみ」

私がそう言ったころには、すでにあさみはすぅすぅと寝息《ねいき》を立てている。本当に疲れているようだった。

数秒間、じっ、とあさみのつむじを眺《なが》めてから。

「やりますか……」

私はまた、参考書に目を落として、日本語で書いてあるのに呪文《じゅもん》のように見える『公式の解説』を、何度も何度も読み返した。

＊

解説を読み、うんうんと唸《うな》りながらなんとか例題を一つ解いた頃《ころ》には、もうすっかり日が沈《しず》み、部屋の中も薄暗《うすぐら》くなっていた。

「あ」

思ったより問題を解くのに集中してしまって、慌《あわ》ててスマートフォンで時間を確認《かくにん》すると、あさみを起こす予定だった30分という時間はとっくに過ぎていた。

しかし、あさみは一度突っ伏してから身じろぎもせずに、規則的な呼吸で眠っている。

起こすべきかどうか、迷ってしまう。

本人が起こしてと言っていたのだから起こしてあげた方が良《い》いのだろうが、何度も言うように、彼女が勉強中にこんなふうに寝てしまうのは珍しいことだったので、それほどの疲労《ひろう》がたまっているということを鑑《かんが》みると、どうしてもその肩《かた》を揺《ゆ》する気にはなれない。

「……あと30分」

あと30分だけ、このまま寝かせておいてあげよう。

そう思いつつ、静かに立ち上がって、部屋のカーテンをゆっ……くりと閉め、部屋の電気をつける。あさみが突っ伏して寝ていたのは幸いだった。カーペットに仰向《あおむ》けになって寝ていたりしたら、電気をつけたら起こしてしまう。

解き方はなんとなく分かったので、もう一問解いてみようかな……と、ノートに視線を落とそうとする途中で、ふと、あさみの隣《となり》に置かれているノートの束の中に、一つだけ他《ほか》よりもずっとよれよれになっているものがあることに気が付いた。

「ん……？」

ちらりとあさみを見てから、私はそっと手を伸《の》ばして、束の中からそのヨレたノートを引き抜《ぬ》く。

横罫線《よこけいせん》タイプの水色のノート。表紙には何も書いておらず、私は何の気なしにそれを開いてしまった。

そして、その1ページめからびっしりと手書きで書かれた文字列を見て、私は慌ててノートを閉じた。

あまりに慌てたので、ノートを閉じたときに思い切り「パタン」という音が立ってしまう。そして、机がその衝撃《しょうげき》で微振動《びしんどう》した。

「ん……」

その振動で意識が戻《もど》ってきたのか、あさみが身じろぎをして、ゆっくりと頭を上げた。

「あれ……電気ついてる……」

あさみが目を細めながら言った。

「お、おはよう……」

「おはよ……もしかしてウチ結構寝てた……？」

「よ、45分くらい？」

「もー……30分で起こしてって言ったぢゃ……ん……？」

ぼーっとしていたあさみの眼差《まなざ》しが、私の手元のノートに向かい、そして、徐々《じょじょ》にその意識がはっきりとしてくるのが、よくわかった。

「沙優チャソ……それ……」

「ご、ごめん！」

私は慌ててノートをあさみのほうに差し出して、頭を下げた。

「こ、このノートだけ他よりすごい使いこんであったから、気になっちゃって、何の気なしに見ちゃったの！　わ、悪気はなかったんだけど……！」

自分でも驚《おどろ》くほどの早口でそう弁明すると、あさみもかえって困惑《こんわく》したように苦笑《くしょう》して、首を横に振った。

「いや、別に大丈夫《だいじょうぶ》だけどさ……」

あさみは私からノートを受け取りながら、上目遣《うわめづか》いがちにこちらに視線を送ってくる。

「その……み、見た……？」

「1ページ目だけ……ちょっと……でも内容をしっかり読んだわけじゃないよ！」

「そ、そかそか……」

あさみはぎこちなく頷いて、そのノートをペラペラとめくり、そしてパタンと閉じた。

「ま、まあ……ほら、ね……こう……」

あさみは今まで見たことないほどに動揺《どうよう》している様子を隠《かく》しもせずに、視線をテーブルの上でうろちょろさせた後に、言った。

「小説……ね、書いてみてるわけよ。小説家目指してるのに、こう……書いてみないのはさ、まあ……変ぢゃん？」

「うん、うん……！　ほ、ほんとごめんね……勝手に開いちゃって……」

「いや、大丈夫、大丈夫」

徐々に、あさみが落ち着きを取り戻していく。

そう、ノートには、びっしりと手書きで、彼女の自作小説が書かれていたのだ。

1行目に目を通した時点で、それが小説であることはすぐに分かった。だから、焦《あせ》ったのだ。

許可もとらずに勝手に読んでいいものではないことくらいは、私にもわかった。

「沙優チャソってさ……小説とか、読むん？」

あさみが、どこかもじもじとした様子で訊いてきた。

「うーん……最近は全然、だけど……まあ、高校通ってた時は、結構読んでたかも」

そう。北海道を出てからというもの、金銭的にも余裕はなく、なんだかんだで生活が目まぐるしく変化していたので、本を読むことはめっきりなくなってしまったけれど。

高校の頃は、よく読んでいたということを思い出す。

クラスで孤立《こりつ》しており、たった一人の友人ができるまでクラスメイトとの交流もほぼなかった私は、暇《ひま》な時間は本を読んで過ごしていた。

本当は漫画《まんが》を読みたかったけれど、最低限の小遣いだけが渡《わた》され、何かを買ったらそれを親に報告する……というシステムが導入されていた我が家では、漫画などを買って帰ると「そんな無駄《むだ》なものを買って」と嫌《いや》みを言われるのが常だった。

不必要に母さんと対立するのも面倒《めんどう》だった私は、買って帰っても特に文句を言われない「文庫本」という媒体《ばいたい》で余暇《よか》を楽しんでいたのだ。

「やっぱ読むんだ……なんかそんな感じしてたわ」

「そうなの？」

「うん、なんかこう……経験則だけど、同年代で、落ち着いて話せるコって、大体本読んでるイメージある」

「えー、なにそれ」

正直「わかる」と思ったものの、逆の意味を考えると偏見《へんけん》にも繋《つな》がる気がして素直《すなお》に頷けなかった。

「どんなの読んでた？」

「うーん、いろいろ読んでたけど……村下夏樹《むらしたなつき》とか好き」

「え、渋《しぶ》いな……かなり好き嫌《きら》い分かれるよねあの人の本。ウチはあんまりだわ」

「あはは、結構小難しいしね……。私も正直内容ちゃんと深く分かってるかって訊かれるとどうだろって感じだけど、なんか引き込まれて好きだったな」

あさみは先ほどまでの気まずそうな雰囲気《ふんいき》と打って変わって、いきいきと本の話題を振《ふ》ってくる。

私も、本のことで誰《だれ》かと会話をしたのは久しぶりで、少し気分が高揚《こうよう》しているのが自分でも分かった。

好きな本の話、逆に、苦手なタイプの文章の話。

ひとしきり本の話題に花を咲《さ》かせて。

「沙優チャソさ……」

話の盛り上がりのピークを越《こ》えたころに、少し落ち着いたトーンで、あさみが言った。

「……読んでみる？」

「え？」

「ほら……ウチの小説さ……」

あさみは少し恥《は》ずかしそうに、けれど、真剣《しんけん》な表情で、私の方を見た。

もちろん、それを断る理由なんて、何もない。

「あさみがいいなら……読みたいな」

私がそう答えると、あさみはパッと表情を明るくして、何度も何度も頭を縦に振った。

そして、「はい！」とノートを手渡《てわた》してくる。

ノートを受け取って、まじまじと表紙を見つめると、やはり、何度も何度も開いたり閉じたりしたことが分かる表紙のヨレ具合だった。

「ずっと、一人で書いてたからさ……なんか、こう……他人に見せてみたい気持ちもあったんだよね」

「そっか。でも、ノートに手書きしてるっていうのは驚いたな」

私は率直《そっちょく》な感想を漏《も》らす。

最近の小説家は、PCのワープロソフトで執筆《しっぴつ》するのが普通《ふつう》だと思っていたのだ。

あさみはかなりの頻度《ひんど》でバイトのシフトに入っているし、普段の生活からしても浪費《ろうひ》をしているようには見えないので、ノートPCくらいは持っていそうなものだけれど……。

「あーね。そりゃ、大賞とかに応募《おうぼ》するときはPCで書くよ。でもほら、ウチ結構アナログ人間だからさ」

「アナログ人間？」

「そそ、実体があるものの方が安心するというか。だから小説も、とりあえず、自分の手で書いてみて、なんだろ……こう、書いた文字が手に馴染《なじ》むかどうか確かめたいんだよね」

「手に馴染む……」

言っていることはなんとなく分かるような気がするものの、おそらくあさみの言っていることと完全に一致《いっち》する意味で理解できてはいないのだろうな、という感覚。

私が微妙《びみょう》な相槌《あいづち》を打つのを見て、あさみはごまかすように笑った。

「あはは、ごめんネ、よくわかんないこと言って。とりま読んでみてよ。その間ウチ勉強してるから」

「もうちょい寝てたら？」

「いや、ちょっと寝たら良い感じに目さめたから大丈夫」

あさみは少しそわそわとした様子で頷《うなず》いてから、参考書を開き直して、シャーペンを握《にぎ》る。

私も、あさみが勉強を始めたのを見て、ゆっくりとあさみから受け取ったノートを開いた。

＊

親に捨てられ、毎日盗《ぬす》みを働いて暮らす少年。

少年はある日、いつも生活している森林の近くに見慣れない小屋があるのを見つけた。

小屋の裏手には、いくつかの籠《かご》と、その中に山のように野菜が入っていた。近くの物干《ものほ》し竿《ざお》には、干し肉や魚が吊《つ》り下がっている。

お腹《なか》がぺこぺこだった少年は、いつもならねぐらに戻ってから盗んだものを食べていたのに、その日に限って、我慢《がまん》できずにその小屋の裏で干し肉にかぶりついてしまう。

その瞬間《しゅんかん》、灯《あか》りの消えていた小屋が一気に明るくなり、玄関《げんかん》の扉《とびら》がおもむろに開いた。

少年は自慢《じまん》の逃《に》げ足でその場から逃げようとしたが、何故《なぜ》か足の裏が地面に縫《ぬ》い付けられたように動かず、その場から動けない。

玄関から出てきたのは、夜空の色をしたローブを羽織った優《やさ》しそうな男。

「君、お腹が空《す》いているのかい。だったら、そんなものを食べずに、中でもっと美味《おい》しいものをお食べよ」

男がそう言う間にも、少年は何度も逃げ出そうと身体《からだ》に力を入れたけれど、足はぴくりとも動かない。だというのに、ローブの男が手招きをした瞬間に、勝手に身体が動き出す。

逃げたい、逃げたいという気持ちと裏腹に、少年の身体は勝手に歩き、男の家の中へと入った。

小屋の中に入ると、少年は驚きから目を見開いた。

そこは、明らかに外から見える小屋のサイズとはかけ離《はな》れたおおきな屋敷《やしき》だったからだ。

「魔法使《まほうつか》いの隠れ家へようこそ、可愛《かわい》い少年」

ローブの男は自分のことを「魔法使い」と言い、その後も不思議な力で少年は、男の食卓《しょくたく》まで導かれる。

少年が椅子《いす》に座らされると、たちまち美味しそうな料理の入った食器が次々と空中を浮《ふ》遊《ゆう》して彼の目の前までやってきた。

「食べなさい」

急に現れた謎《なぞ》の男に料理を勧《すす》められて、少年は不信感を覚えたけれど、あまりに良《い》いにおいのする食べ物の前になすすべもなく、我慢できずにそれをガツガツと食べだす。

魔法使いはそれをニコニコと見守り、彼がそれらをすっかり平らげてしまったあとに、言った。

「君、いつも、さっきみたいに盗みを働いて生きているのかい？」

その質問に、少年はだんまりで返したけれど、その態度がもはや答えのようなものだった。

魔法使いは薄《うす》く微笑《ほほえ》んで、少年を見つめる。

「君が良ければだけど……ここで私の手伝いをしてくれないか」

そう言って、魔法使いは少年の前の、からっぽになった皿を指でさした。

「もちろん、手伝ってくれるのなら、毎日美味しいごはんを用意するよ。もう盗みなんてしなくてもいい」

生きるために盗みを働いていた少年を責めることもなく、魔法使いはただただ優しい眼《ま》差《な》しを少年に向けた。

「君はひとから責められるようなおこないをやめて、少しだけ魔法にくわしくなって、そして私も今よりいくぶんか楽になる。いいことずくめじゃないか」

少年はすっかり他人を信用する心など失っていて、目の前の男の言うことなど信じてはいなかったけれど、当面の雨風をしのげる寝床《ねどこ》と、食事が確約されているのならば、不都合が生じるまでは魔法使いを利用してやってもいいかと思った。

「……わかった」

少年が久々に発するガラガラな声でそう言うと、魔法使いは心底嬉《うれ》しそうに手を打って。

「そうかそうか！　良い返事をくれて嬉しいよ！」

と言った。

「疲《つか》れたろう。お風呂《ふろ》に入って、あたたかい布団《ふとん》でお眠《ねむ》り」

魔法使いに言われるがままに、少年は久々にあたたかい湯のたっぷり張られた風呂に入り、ふわふわな毛布に包まれて眠った。

この不思議な出会いが少年の人生を大きく変えることになるとは、知る由《よし》もなく……。

＊

分かっていたことだけれど、物語はまだまだ途中《とちゅう》。むしろ導入部分と言ってもよいくらいのところで終わっていた。

私がため息を一つつき、ゆっくりとノートを閉じると、向かい側に座るあさみが一瞬こちらをちらりと見たのが分かった。けれど、すぐに視線を参考書に戻《もど》してしまう。

きっと、自分から「どうだった？」と訊《き》けないのだろう。あさみのそういう可愛らしい一面を見つけるたびに、私はほっこりとした気持ちになる。

「あさみ」

「ん？　どした？」

「読み終わったよ」

「お、マジか！」

さっきの時点で気付いていただろうに、あさみはまるで今知ったような相槌を打った。

私は、感想を言おうと口を開くものの、上手《うま》く言葉が出ずに、何度か口を開いたり閉じたりした。

あさみは少し不安げに首を傾《かし》げて。

「……もしかしてつまんなかった？」

と言った。

私は自分でもびっくりするほど力強く首を横に振《ふ》った。首のスジが「パキッ」と鳴って、私は顔をしかめる。

「うわ、すごい音したけど！　だいじょぶか……！」

「大丈夫《だいじょうぶ》、大丈夫……その、つまんないなんてこと全然なくて、むしろ……」

私は、そこでようやく、自分が「上手な感想を言おう」としていたことに気付く。

素人《しろうと》の私に言えることなんて、限られているのに。

「すごく……良いよ……面白《おもしろ》い」

「ほんと？　お世辞じゃないよね⁉」

あさみの声が大きくなるのを聞いて、私は思わず笑《え》みを漏らしてしまう。

「うん、お世辞なんて言わないよ。とっても良かった。なんか……つらい冒頭《ぼうとう》なのに、ちょっとしたあたたかみというか……やさしさみたいな空気が漂《ただよ》ってて……すごく素敵《すてき》だと思った」

「そ、そっか……」

「あさみがファンタジー書くイメージなかったけど……うん、なんか読んでみたら、なんだろ……こう……『ああ……あさみが書いた小説だなぁ』って感じがした」

「なんだそれ」

あさみは眉《まゆ》を寄せて首を傾げたけれど、その表情はどこかくすぐったげだった。

私の感想は、本当に思った通りのことを言葉にしただけのものだ。

書く人と、書かれたものはまったく別のものだというのは感覚的には理解できているけれど、やっぱり知っている人の書いている文章を読んでしまうと、どうしてもその人物像と作品を切り離して考えるのは難しい。

あさみがドロドロの殺人ミステリーなんかを書いていたら、納得《なっとく》はできるかもしれないけど、ひとまず驚《おどろ》いていたことだろうと思う。

そういった意味で、今見せてもらったこの物語は、私にとっては「あさみらしい」と感じられるものだった。

少しだけほの暗くて、でも温かみがあって、そして広がりを感じる。

素直に、続きが読みたいと思った。

「続き、読みたいな……」

私がそうつぶやくと、あさみは目を丸くして、それから少しだけその瞳《ひとみ》を潤《うる》ませた。

「……ずるいなぁ、沙優チャソは……」

「え？」

「それ、書き手にとっては一番うれしい言葉だべ？」

あさみはそう言って、ニッと笑った。

「じゃあ、絶対続き書かなきゃじゃんね」

私も思わず微笑んで、うんうんと頷いた。

「うん、絶対書いて。それで、私に読ませてよ」

「おけまる！　でも……結構時間かかっちゃうと思うよ？」

あさみのその言葉には、少しだけこちらの反応を窺《うかが》うような温度が感じられた。

すぐに、私はその意味を理解する。

理解したうえで、ゆっくりと頷いた。

「うん、大丈夫……。どれくらいかかっても、絶対読むよ。読みにくるから」

あさみがこの小説を書き終えるころには、私はもう、ここにはいないだろう……と、彼女はそう言っているのだ。

私も、そう思う。

そう、思えるようになったんだ。

あと少しの勇気を持てたら、私は実家へと帰る。ここでずるずると、あたたかいモラトリアムを送っているわけにはいかないから。

それでも、あさみとの友情は絶対になくなったりしないと、お互《たが》いに理解している。それがあさみの言葉から分かって、私は嬉しかった。

「そか。じゃあ、ノートにびっしり書いてさ。感触《かんしょく》つかんで……次見せる時は、ＰＣで仕上げとくよ」

「そうなの？　あさみの文字可愛くて好きだけどな」

「ちょ、やめろし！　丸文字なの気にしてんだからさ……」

けらけらと笑いながら、私はあさみにノートを返した。

あさみはノートを私から受け取り、まじまじとその表紙を見つめた。

なにか言いたげな表情。

私は、何も言わずに、あさみが口を開くのを待った。

「……実はさ」

私のその様子に気付いてか、あさみは数秒の沈黙《ちんもく》の末に、おもむろに話し出した。

「この作品……沙優チャソと会ったところからアイデアが生まれたんだ」

「え……？」

思わぬ言葉に、私は目を丸くする。

「ほら、沙優チャソってさ……なんか、いつも明るくて、すっごくカワイイ女の子なのに、ときどきすごい暗い顔するときあるじゃん」

「……そうだった？」

「そうだし。ふとした時にさ、めっちゃ遠いところ見るような顔して、ぼーっとしてんの。

沙優チャソがいろいろ話してくれる前からさ、すごい気になってたんだよ。絶対この子、何か抱《かか》えてるものあるな、って」

聞きながら、私はあさみとの思い出を振り返る。

思えば、彼女は初めてコンビニバイトで同じシフトになったその日から、私のことをとても気にかけてくれていた。初日から吉田さんのことを「見極《みきわ》めてあげる」と言い出して、突然《とつぜん》うちに来て……。

最初は戸惑《とまど》うことも多かったけれど、あさみのそういう力強いところも手伝って、彼女と仲良くなれたのは間違《まちが》いなかった。

きっと、あさみは私の抱えているものの暗さを見抜《みぬ》いたうえで、明るく接してくれていたのだろう。

つくづく、オトナな女子高生だと思った。

「でも、沙優チャソは吉田っちと出会ったじゃん？」

「へ？　吉田さん？」

急に吉田さんの名前が出て、私は再び目を大きくした。

「そ、吉田っち。今までになかった出会いをしてさ、少しずつ変わっていったじゃん。きっと……良《い》い方にさ」

「……そう、かもしれないね。いや……うん。そうだね」

私は神妙《しんみよう》に頷《うなず》いた。

吉田さんと出会わなければ、私はいまだに、前を向けていなかったかもしれない。

「それを見てさ、ふと思ったんだよね。ああ、ウチ、こういう話が書きたいって」

「こういう話？」

「そう。『出会い』で人が救われる話。今まで何をしても上手くいかなくて、つらくって……そんな人生を歩んできた子がさ、ある偶然《ぐうぜん》の出会いで、大きく変わっていくの」

あさみは目を細めて、遠くを見るような表情で言葉を続ける。

「そんな話は、創作の上ではありふれてるんだよね。いやむしろ、それがほとんどなんだよ。たいていの物語は、出会いから始まるの。新しい出会い、離《はな》れていた誰《だれ》かとの再会……そういうイベントを経て、何かが変わる。でもね、それが当たり前すぎて、みんな気付かないの」

あさみはとめどなく、語った。

いつも活発なあさみだけれど、今の様子は、夢を語る少女のようで、キラキラとしていた。

私は、まぶしいものを見るように、少しだけ目を細めて、彼女を見つめる。

「だからこそ、ウチは書きたいって思った。『出会い』で、人生の決定的な何かが変わることがあるんだよって。誰かに出会ったことで、その人からもらったふとした一言で、救われることがあるんだよって……そんな話が……」

そこまで言って……あさみの視線が少し落ちて、私と目が合った。

数秒間見つめ合ったのちに、あさみの目が急に泳ぎだす。

「……って、ウチ、なに急に熱く語ってんだろ。うわ恥《は》ずかし！ ごめんね、一人で盛り上がっちゃって！」

赤くなった顔を、両手でぱたぱたと扇《あお》ぐあさみ。

私は思わず笑ってしまいながら、首を何度も横に振った。

「ううん、大丈夫だよ。あさみが……どれくらい小説を大切にしてるのかが分かった」

私が言うと、あさみはウッと困ったように固まった後に、笑った。

「はは、沙優チャソってやっぱ、包容力あるな……」

「それはあさみも一緒《いっしょ》でしょ」

「いやいや、ウチなんてガサツだしガキだし！ 全然そんなのないよ」

謙遜《けんそん》の様子もなくあさみが首を横に振る。そんなことない、と思うけれど、このまま「いやいや……」と続けるのも変な空気になりそうなので、私はひとまず言い返すのをやめる。

そんなことより、もっと言った方がいいことがあると、思った。

「あさみさ……絶対、小説家になりなよ」

私がそれだけ言うと、あさみはぴたりと動きを止めて、目をまんまるにした。

「絶対、なったほうがいい。だって、伝えたいことがあって……それを伝えることに、本気なんだもんね。じゃあ、やったほうがいいよ。なれるよ、きっと、小説家に」

「……さ、沙優チャソ」

「なれるよ！　絶対！」

言いながら私は、何か胸にこみ上げてくる強い感情に揺《ゆ》さぶられて、思わずテーブルの上に出ていたあさみの手をがしっと握《にぎ》った。

「それでさ、本出して……あとがきにさ、書いてよ。私と出会ったからこれを書きました、って」

私がそこまで言うと、そんなにまんまるになるのかとびっくりするほどにあさみは目を丸くして、そしてその目じりにじんわりと涙《なみだ》をためた。

「……うん、わかった……ッ！」

あさみは、鼻声でそう頷いて、私の手を握り返してきた。

「なるよ……ウチ……小説家になる……！」

「うん……！　なりな！」

二人そろって感極まってしまい、手を握りながらぐすぐすと鼻を鳴らす。

あさみの夢を、そしてそれに対する熱い思いを聞かせてもらって。友達として、それを応援《おうえん》しない理由なんてなかった。

絶対に彼女に夢を叶《かな》えてほしい。そんなことを思うのと同時に……。

ふと、思った。

私の夢ってなんだろう、と。

私は、今のことで精いっぱいで。先のことを考える余裕《よゆう》なんてまったくなくって。

吉田さんと出会ったことで、ようやく、少しだけ前を向けたけれど……それも、やっぱり本当に「少しだけ」の変化だということに気が付いた。

あさみは私よりももっと未来のことを、明確に、そして強烈《きょうれつ》に意識しながら生きている。

それに比べて、私は……。

「沙優チャソ」

「はい⁉」

考え事の途中《とちゅう》にあさみに話しかけられて、素《す》っ頓狂《とんきょう》な声を上げてしまう私の手を、改めて、あさみがぎゅっと握った。

「ウチの本が出た時は、直接感想聞かせてね。そんで……ついでに、その時の沙優チャソの近況《きんきょう》報告もさ……してくれよナ」

私が思い悩《なや》んでいることなどお見通しのような顔で、あさみが言ったので、私はまたくしゃりと表情を崩《くず》して、泣きそうになってしまう。

「うん……そうする……！　楽しくてすごいことしてるよ、って……報告する……ッ！」

「うむうむ！　楽しみだな！」

あさみがガシガシと乱暴に私の頭をなでる。髪《かみ》の毛がくしゃくしゃになってしまったけど、そんなことはどうでもよかった。

「う〜……」

引っ込みそうにない涙をぐりぐりと部屋着のパーカーの袖《そで》で拭《ふ》くと、あさみがけらけらと笑った。

「沙優チャソってマジで泣き虫だよね。可愛《かわい》いけどさ」

「あさみだって泣いてたじゃん！」

「もう泣いてないもんね〜」

楽しそうに笑ってから、あさみはすとんとカーペットの上に座り直して、「はー」と息を吐《は》いた。

「まあ……とりあえずは……」

あさみはスンと真顔に戻《もど》って、言う。

「受験勉強だわな」

「……そうですね」

彼女にとっても、私にとっても、差し迫《せま》る問題は受験と、高校の卒業だ。

私は出席日数から考えてどうあっても留年だけれど、だからと言って今勉強しなくて済むというわけでもない。

今までなんとなくで着手していた「お勉強」だったけれど、今日のあさみとの会話で、その意義を強く再認識《さいにんしき》したような気がした。

夢のために、今やるべきことを積んでいく。

勉強も、そして、元の生活に戻ることも……。

「……よし」

私は、小さく、けれど、少しだけ、力強く。

「もうひと踏《ふ》ん張りしよう」

参考書を開きなおして、そう呟《つぶや》いた。

向かいのあさみも、くすりと笑ってから、「うい」と、端的《たんてき》に返事をして、また勉強に集中しだす。

あさみは、私と吉田さんが出会ったことを「良い出会い」と評しているようだったし、私も実際そう思っているけれど……。

私にとっては、あさみとの出会いも、同じくらいに、最高の出会いだと思った。

あさみとの「未来の約束」を果たすために……今は、やれることを一つ一つ、やっていこう。

そう、強く、思った。

17話　コスプレ

「なんでも手伝うって言ったぢゃん!!!」

「なんでもとは言ったけどこれ絶対関係ないもん!!!」

部屋の中で、二人の女子高生の声が響《ひび》いている。それも、狭《せま》いワンルームの中で、だ。

俺はベッドでネットサーフィンをしながら、うんざりした顔でそれを聞いている。聞きたいわけでもないのだが、この狭さの中で騒《さわ》がれれば嫌《いや》でも聞こえてくるというものだ。

「関係なくないし！　沙優チャソによ〜〜く似たキャラの造形を具体的にイメージするための神聖な儀式《ぎしき》だし！」

そんなことを言いながらあさみが沙優にぐいぐいと押し付けているのは、明らかに『メイド服』だった。

「冒頭《ぼうとう》だけ読んだけど、メイドなんて出てくるような話じゃなかったでしょ!!」

「出てくるんだって！　ほんとに！」

「じゃあ読ませてよ！」

「まだキリ悪いとこだからダメ!!」

こんな調子で、さきほどから同じような問答が大声で続けられていた。

さすがに、うんざりしてくる。

「どうでもいいけど、もうちょい静かにしてくんねぇか」

俺がついに口を挟《はさ》むと、あさみの目がぎょろりと俺をにらむ。

「どうでもいいとはなんだーッ!」

「だからうるせぇって!」

「吉田っちだってほんとは沙優チャソのメイド服姿見たいくせに!!」

「別に見たくねえよそんなの……」

メイドだのなんだのという萌《も》え文化には正直疎《うと》かった。

それに、俺の中では沙優は制服か部屋着を着ている姿の印象が強く、メイド服なんかを着ている姿は想像もつかない。

そんなことを考えながらちらりと沙優の方を見やると、彼女はなんだかものすごい顔をしながら俺の方を見ていた。

「なんだよ」

「いや、『見たくねえよ』って吐き捨てるみたいに言うから……」

明らかに目が怒《おこ》っていた。着たくないんじゃなかったのか。

「見たいくせにって言われたから見たくないって答えただけだろ」

「でもそんな、『見たくねえよ』って冷たく言わなくても……」

「どうした沙優チャソ！　やっぱり着たくなってきた⁉」

「着ないけど‼」

メイド服を持ったまま襲《おそ》い掛《か》かってくるあさみを反射で押しのける沙優。

それを横目に、俺は深くため息をついた。まだ当分、このくだりは続きそうだと思ったからだ。

そもそも、今日あさみが家にいるのは、いつも通り勉強会をするためだった。

土日にあさみが俺の部屋に沙優と一緒《いっしょ》に勉強すべくやってくるというのはもはや恒例《こうれい》行事になりつつあったが、今日のあさみはどうも大荷物で現れた。それなりに中身が入っているように見えるボストンバッグを抱《かか》えてきたので、まさか泊《と》まっていく気じゃないだろうなと訝《いぶか》しんでいると。

荷物をドンと部屋に置いたのちに、大きな声で、あさみはこう言い放ったのだった。

「沙優チャソ！　今日はコスプレ大会だよ！」

きょとんとする俺と沙優を差し置いて、あさみはバッグのファスナーをジジジと開け、

「じゃーん！」という陽気な掛け声とともに、中からメイド服を取り出した。

沙優は目を丸くして、仰天《ぎょうてん》。

のちの、この騒ぎである。

うるさくて仕方がない。騒ぐならあさみの家でやってくれと思わないでもないが、彼女は彼女でいろいろあるのだろうし、何より女子高生にあーだこーだと説教を垂れて返り討《う》ちに遭《あ》うのは御免《ごめん》だった。

俺はもう二人を静かにさせるのは諦《あきら》めて、どこかにイヤホンがなかったかと探し始める。

しかし、それを止めるようにあさみがこちらに向けて声をかけてきた。

「吉田っちからも言ってやってよ！　少しくらい友達に協力してやってもいいだろって！」

「協力も何も、お前ただ沙優にコスプレさせたいだけだろ」

俺がそんな指摘《してき》をするとは思わなかったのか、あさみは一瞬《いっしゅん》言葉を詰《つ》まらせたが、すぐに逆ギレのように声を大きくした。

「確かにそうかもしんないけど、小説に必要っていうのはホントなんだぞーッ!!」

「知らないっつの……自分で着るんじゃダメなのか？」

俺の言葉にあさみは、顔がくちゃくちゃになるほどにしかめっ面《つら》をして首を横に振《ふ》った。

「自分で着たら見れないでしょうが！」

「鏡があるだろ」

「カワイイ女の子に着てもらいたいんだっつの！」

「お前も十分可愛いだろ」

あさみの動きがぴたりと止まる。

「……うえ？」

あさみの隣《となり》の沙優も、あさみと同じようにぴくりと動きを止めた。

二人の反応を見て、俺は「しまった」と思う。

売り言葉に買い言葉で、つい素の感想を漏《も》らしてしまったが、もしかしたらこういう発言も『セクハラ』に当たるのでは……？

心のどこかで、あさみはそういう細かいことを気にしないタイプなのではと思い込んでいたが、そもそもそういう思い込み自体がハラスメントのきっかけになってゆくわけで……。

「いや、すまん……」

「や、なんで謝るし……」

あさみもすっかりさきほどまでの勢いを失って、沙優に押し付けていたメイド服を、ゆっくりと畳《たた》みだす。顔が少し赤い。

沙優は俺とあさみの方を交互《こうご》に見て、明らかに困惑《こんわく》した様子で何度もまばたきをした。

「まあ、ちょっと強引《ごういん》すぎたかもね……吉田っちにも怒られたし、今日は大人しく勉強しようかな……」

「あ、あさみ？　いや、そのさ」

急に大人しくなったあさみに、沙優はおずおずと声をかける。

「ほんとに必要ならやってもいいんだけど……」

「マジ!?　やってくれる!?　沙優チャソならそう言ってくれると思ったわ！　じゃあはい！　すぐ着替《きが》えてちょ!!」

「え、ちょ……ちょっと!?」

沙優の言葉でパッと明るくなったあさみにメイド服を押し付けられて、沙優は明らかに「騙《だま》された」という表情を浮《う》かべていた。

しかし、彼女の性格上、一度「良《い》い」と言ったことを覆《くつがえ》す気にはなれないらしく、今度ばかりは衣装《いしょう》を受け取ってしまう。

「じゃ、吉田っち」

「うん？」

「沙優チャソ着替えるから」

「……………ええ、俺が出んの？」

「当たり前っしょ!!」

「ガキの着替えなんて別に……」

「いいから出る!!!」

ぐいぐいとあさみに腕《うで》を引っ張られて、俺はベッドから強制的に立たされた。

「ああ、ちょっと待て、煙草《たばこ》！　煙草とるから！」

ベッドのサイドボードに置いていた煙草とライターを取って、俺は渋々《しぶしぶ》ベランダに出る。

外に出るや否《いな》や、カーテンが「シャッ！」と音を立てて閉められる。

俺は意味もなくサンダルの爪先《つまさき》をトントンと叩《たた》いて小さく舌打ちをした。

「だから俺ん家《ち》だっつの……」

煙草を一本取り出して、火をつける。

煙《けむり》を吸って、吐《は》く。一種のルーチンともいえるその動作を終えると、数秒間の怒《いか》りももはやどうでもよくなっていた。

「……というか」

冷静になると、自分の発言が気になりだす。

「ガキの着替え、とか言ったのも……もしかしたらセクハラかもしれん」

こちらとしては、ワンルームなのだから、お互《たが》いの着替えはお互いに見ないようにするくらいで良いと思っていたし、今までもそうしていた。

しかしあさみからすればそれは常識ではないのだろう。感覚的には、高校生が体育の着替えを男女共に同じ教室で行うということと同じかもしれない。

俺からすれば、着替えているところをまじまじ見るようなことをしないのを前提とするならば、「年の離《はな》れた子供が部屋で着替えている」というくらいの感覚だ。

しかし、その感覚が共有できていなければ、俺の言うことは彼女たちを不快にさせる可能性もあるわけで。

「相手がセクハラだと思ったらセクハラ、ってよく言うしな……」

そう呟《つぶや》いて。

煙を吸って、吐く。

「……」

煙を吸って、吐いて。

「だから俺の家だっつの!!」

どうして自宅でセクハラについて怯《おび》えなければならないのかと、一人、憤慨《ふんがい》した。

＊

「じゃーん！　吉田っち、どう？」

ようやくベランダから自室に戻《もど》ると、そこには何故《なぜ》か自慢《じまん》げに胸を張るあさみと、その後ろに、どこか落ちつかない様子で立っている沙優の姿があった。

いかにも『コスプレ』と言った感じの、ふわふわと軽い生地《きじ》で作られているミニスカートタイプのメイド服。黒いワンピースの前側には、定番のように白いエプロンがかかっていた。

「おお……どう、って訊《き》かれても」

コメントに困ってしまう、というのが正直なところだった。

「なんかあるっしょ！　一言だけでも！」

あさみはノリノリで俺に感想を訊いてくるが、そもそもお前の小説の参考にするって話じゃなかったか？

そう思うものの、あさみの目を見れば、ノーコメントで許される空気じゃないことは明白だった。

「いや、なんていうか……」

特に言うことも思いつく前に口を開いてしまった俺は、数度口をぱくぱくとさせた後に、ようやく答えを口にした。

「……コスプレって感じだな」

「バカタレッ!!」

「いてぇッ!!」

背中をバシンと本気で叩かれて、俺はあさみの方を見る。

「なんだよ！」

「なんだよじゃないでしょーが！　なんだその感想は！」

「いや、だってどう見てもコスプレみたいなメイド服だから……」

「みたいなもなにもコスプレだって言ってんでしょーが！　そういうことじゃなくて、可愛《かわい》いかどうか訊いてんの!!」

「じゃあ最初からそう訊けよ!!」

「ま、まあまあ……二人とも……ちょっと声大きいよ」

ケンケンと目を吊《つ》り上げながら怒鳴《どな》りつけてくるあさみにこちらも負けじと言い返して

いると、先ほどまで困ったように沈黙《ちんもく》していた沙優がついに口を開いた。

確かに、この家は鉄筋コンクリートで建築されているのであまり近所の環境《かんきよう》音や会話が聞こえてくることはないので忘れがちだが、これだけの音量で言い合えばさすがに近所に迷惑《めいわく》がかかってもおかしくはない。

あさみも本当に怒《おこ》っている様子ではなく、むしろ、どちらかといえばその逆で、楽しんでいるが故《ゆえ》のハイテンションのように見えた。いわゆる「キレ芸」というやつだ。そのキレ芸にいちいち全力で返していたらどんどんうるさくなるだけである。

「まあ、あれだ……」

俺は音量をグッと落として、言う。

「コスプレ感は否めないが、なんか、新鮮《しんせん》だよな。いつも制服か部屋着の沙優ばっかを見てたからさ」

「……そ、そっか」

俺の言葉に、沙優はスカートの裾《すそ》を右手できゅっと握《にぎ》って、うんうんと頷《うなず》いた。

沙優と俺を見比べてから、あさみは俺の脇腹《わきばら》を肘《ひじ》でつついた。

「なんだよ」

「可愛い？」

「お前な……」

どうしても「可愛い」と言わせようとするあさみの意図を測りかねて、俺はまた食ってかかろうとしてしまうが……。

「はぁ……」

俺は身体《からだ》に入りかけた力を抜《ぬ》いて、ゆっくりと息を吐いた。

また同じ内容で不毛な言い争いをしても仕方がない。

「まあ、可愛いと思うぞ」

俺がそう言うと、あさみはパァッと表情を明るくして、沙優に「だって！　良かったぢゃん！」と言って笑いかけた。

沙優も「うん……」と微笑《ほほえ》んで頷くものの、半ば強制的に言わされて出た言葉だと分かっているので、どこか微妙《びみよう》な表情に見える。

「じゃ、次の衣装行こうか！」

「え!?　まだあるの!?」

「あるに決まってんぢゃん！　次はナースね」

「ナースって……小説に出てくるの？」

「んー、出てくるかどうかは沙優チャソ次第《しだい》……ってとこ？」

「もう、なにそれ！」

明らかにもううんざりという顔の沙優だったが、あさみは一向に引く気配を見せない。

結局なんだかんだで沙優が言いくるめられ、俺は再びベランダに追い出された。

着せ替え人形にされている沙優も可哀想《かわいそう》だが、一番被害《ひがい》を受けているのは俺なのでは……？

そんなことを考えながらまた、箱から一本煙草を取り出す。

そして、火をつけようと部屋着のパーカーのポケットをまさぐると、そこにあったはずのライターがない。

「ん……あれ……」

着ている服のすべてのポケットをまさぐってみても、やはりライターがなかった。

「はぁ……」

部屋に戻った時に、無意識でテーブルの上かどこかに置いてしまったのかもしれない。

ため息を漏《も》らして、煙草を箱に戻す。

「ことごとくついてねぇ休日だ……」

休日は自分のペースでのんびり過ごすのが好きだというのに、今日は明らかに俺の自由な休日が侵害《しんがい》されているのを感じる。

そして一番妙《みょう》なのは、あさみのテンションだった。

いつものあさみは、悪ふざけをすることもあるものの、基本的に根が真面目《まじめ》で、他人を困らせるようなことはしない奴《やつ》だ。付き合いも長くなってきて、そういう彼女の性質はうわべだけのものではないということは沙優も俺も理解している。

しかし、今日のあさみは、明らかに沙優も俺も困惑《こんわく》しているというのに、強引《ごういん》に話を進めているように見える。それも、明らかに「小説のため」ではなく、だ。

いつも落ち着いている彼女が、不自然なハイテンションですべてをうやむやにしようとしているのを見ると、どうも違和感《いわかん》が拭《ぬぐ》えなかった。

「吉田っち、沙優チャソ着替《きが》え終わったよ！」

突然《とつぜん》ベランダの扉《とびら》が開き、部屋の中からあさみが顔を出した。

「お、おう……」

「ほら早く早く！」

やはり明らかにいつもよりテンションの高いあさみに手を引かれ、慌《あわ》ててサンダルを脱《ぬ》いでベランダから部屋に戻る。

そこには、先ほどよりもずっと顔を赤くして、短すぎるスカートの裾を両手で引っ張っている沙優がいた。

「うわ……」

思わず、眉《まゆ》を寄せてしまう。

「うわ、とはなんだ！」

またもやあさみがおかしなテンションで俺の背中を叩《たた》く。

「いや、こりゃもう……なんかもうそういう店みたいだろ」

俺がそう言うと、あさみは一瞬《いっしゅん》きょとんとした様子で数回まばたきをしてから、「ぶっ」と噴《ふ》き出した。

「そういう店って……ふっ、どういう店のことッスか？」

おかしな口調であさみが笑いをこらえながら首を傾《かし》げてくるので、俺はまた額に青筋が立ちそうになるのをこらえる。

「露出《ろしゅつ》が多すぎるって言ってんだ」

「いいじゃん、家だし」

「お前らだけならな！　俺がいるんだぞ!!」

「え、なに、露出度高い沙優チャソ見て興奮してるってこと？」

「は……」

そういうことを言いたかったわけではないが、言われてみれば確かにそういうことを言ってしまったような気がして、すぐに否定ができなかった。

ちらりと沙優の方を見ると、沙優と思い切り目が合う。

目を逸《そ》らすと、思わず視線が下に落ちて、沙優の着ているナース服を見てしまった。

薄《うす》ピンクの、ワンピースタイプの服だが、妙に身体にぴったりとしたサイズ感で、スカートは信じられないほど短かった。

沙優がおさえるスカートの裾から、スラッと彼女のほどよく肉のついた脚《あし》が伸《の》びて……。

「だー！」

俺は思い切り頭を横に振《ふ》る。

「こんだけ露出した奴が部屋の中にいたら落ち着かねぇに決まってんだろ！」

「あーね、それはそうかも」

またなんだかんだと難癖《なんくせ》をつけて感想を訊いてくるかと思いきや、あさみはにやにやと笑いつつも俺の言葉に頷いた。

そして、おもむろにスマートフォンでカメラを起動してパシャリと沙優を撮影《さつえい》した。

「え！　撮《と》ったの!?」

「うん、資料にするべ。じゃ、次これね」

「ええ……まだあるの……？」

げんなりした様子の沙優をよそに、あさみはボストンバッグの中から今度はゴスロリっぽいドレスを取り出して、沙優に押し付けた。

俺もそれを見てついに我慢《がまん》ならずに口を挟《はさ》んだ。

「わかった。うちでやるのはいい」

「うん？」

「とりあえずいちいちベランダに出されるのは面倒《めんどう》だから、終わるまで俺はどっかで時間潰《つぶ》してくるよ」

「え――っ！　それじゃ意味ないぢゃん!!」

「はぁ……？」

俺が思い切り眉をひそめると、あさみも「やべ」と漏らしてから自分の口を押さえた。

「小説の資料にするんだろ？　俺関係ないじゃねぇか」

「あはは、まぁそうなんだけどさぁ……」

明らかにごまかし笑いを浮《う》かべたあさみ。

俺はついにしびれを切らしてあさみの手を引いた。

「えっ、吉田っち、ちょっと……!?」

ベランダの扉を片手でガラガラと開け、あさみにサンダルを履《は》かせて外に放《ほう》り出す。

困惑するあさみをよそに、俺はベランダの扉を閉め、鍵《かぎ》をかけた。すぐに玄関《げんかん》へ向かい、自分の靴《くつ》を取りに行く。

「ええ～⁉」

「よ、吉田さん……？」

玄関から靴を取りまたベランダに向かう俺に、沙優は困惑気味に声をかけてきた。

「ちょっと待ってろ」

「う、うん……？」

明らかに戸惑《とまど》っている沙優を横目に見ながら、俺はまたベランダの扉を開け、靴を放り、足を突《つ》っ込んで外に出た。

俺が扉を閉めると、あさみはおろおろとしながら俺の方を見た。

「よ、吉田っち……ど、どした～？」

「どうしたはこっちのセリフなんだよ」

俺が言うと、あさみは怯《おび》えたように肩《かた》を縮こまらせた。

その様子を見て、俺も思ったより低い声を出してしまっていたことに気付く。

「はぁ……いや、怒ってるわけじゃねえんだよ、ごめんな」

明らかに怒っていると思わせる声が出てしまった。いや、実際少しは怒っているのかもしれないが、別にあさみを叱《しか》りつけたくてベランダに呼び出したわけではないのだ。

「今日のお前、明らかに様子がおかしいから。あのままよくわからんテンションでうちで暴れられるのは困ると思ったんだ」

「……ご、ごめん」

「別に謝らなくていいけどよ……どうしたんだよ、今日は」

俺が改めて訊《き》くと、あさみは言葉を選ぶように視線を泳がせた。

そして、少し上目遣《うわめづか》い気味に、俺の方を見る。

「沙優チャソには内緒《ないしょ》にしてくれる？」

「言ってほしくないなら言わねぇよ」

俺の答えを聞いて、あさみは何度かゆるやかに首を縦に振った。そして、おもむろに言う。

「いや、その……こう……吉田っちと沙優チャソの間の距離《きょり》をさ……もうちょい縮めたいな、と思ってさ」

「……うん？」

「だって！　沙優チャソ、いつまでもここにはいられないぢゃん？　だから、沙優チャソが帰っちゃう前にもっと二人が仲良くなれたらいいなって」

あさみに心配されるほど俺と沙優の仲は悪くないと思うが……。

というようなことを考えて眉を寄せていると、あさみはその思考を読んだように息を吐《つ》いて、かぶりを振った。

「そんなに仲悪くねぇ！　とか思ってんのかもしれないけど、そういうことじゃないかんね」

「え？」

「こう……恋人《こいびと》になれるくらい、仲良く、さ。なってほしいなって」

「……はぁ？」

俺の声に再び怒気《どき》が籠《こも》ってしまい、あさみは気まずそうに肩をすくめた。

「女子高生は恋愛《れんあい》対象外って言うんでしょ」

「そうだよ。何回も言ってんだろ」

「ウチさ、恋愛に年齢《ねんれい》は別に関係ないと思うわけよ」

「俺が女子高生に手出すのは犯罪なんだよ」

「今更《いまさら》犯罪とか言うわけ？」

あさみの指摘《してき》に、今度は俺が声を詰《つ》まらせる。確かに、そんなことを言うならとっくに俺は犯罪に手を染めている状態だ。

よその家庭の子供を親の許可なく家に泊《と》まらせている時点で、立派な犯罪者なのだから。

「そういう『きまり』を抜《ぬ》きにしても、吉田っちは沙優チャソのことなんとも思ってないわけ？」

「大切には思ってるよ。でも恋愛対象じゃない」

「ほんとに？」

「本当だ」

「でもさっきナース服見た時明らかにやらしい顔してたべ」

あさみに言われて、身体《からだ》の奥がじわりと熱くなるのを感じた。恥《は》ずかしさからだ。

「あんだけ露出してたらさすがに変な気持ちにはなるだろ！」

「そう、それ!! それを狙《ねら》ってたのウチは！」

「はぁ⁇」

急に人差し指を立てるあさみに、俺の頭の上にはクエスチョンマークがいくつも浮かぶ。

「結局『オンナ』として意識してないから恋愛対象外だって決めつけてるわけぢゃん！だからその固定観念を取っ払《ぱら》ったら、吉田っちも素直《すなお》になるかなって」

「なんだよ素直になるって」

「吉田っち、つとめて『保護者』でいようとして、それで自分の気持ちを抑圧《よくあつ》しようとしてるところあると思……」

「待て待て、ちょっと待て！」

俺はあさみの言葉を遮《さえぎ》って、首を横に振った。

根本的に、あさみは何か勘違《かんちが》いしていると思う。

俺は、つとめて沙優を恋愛対象外にしようとしているわけではない。

自然と、そうなっているだけだ。

そもそものところ……。

「俺には、別に好きな人がいるんだ」

俺がそう言うと、あさみは露骨《ろこつ》に表情を暗くした。

そう、俺はいまだに、後藤さんのことが好きだ。

沙優のことでバタバタしているから、恋愛に割《さ》く時間と精神的な余裕《よゆう》がなくなっているだけで、その気持ちが変わったわけではない。

だから、その気持ちがなくなるまでは、沙優のことをそういう目で見ることはあり得ない。

「でも……それは……」

あさみは珍《めずら》しくもごもごと口ごもる。何か言いたげだが、上手《うま》く言葉がでてこないといった様子だった。

「でも、こう……カワイイ、とか、それくらいは言ってあげてもいいんじゃないかな」

あさみはそう言って、俺を見る。

「沙優チャソは、吉田っちに『可愛《かわい》い』って言われたら嬉《うれ》しいと思う」

「……そんなことないだろ」

「あるっつの！」

あさみが声を大きくした。日の暮れた住宅地に彼女の声がビンと響《ひび》いて、あさみはそれに驚《おどろ》いたようにきょろきょろと視線を動かして、口元に手を当てた。

しかしそれもつかの間。少し音量を下げて、まくしたてるように言葉を続ける。

「恋愛対象じゃなくたって、可愛いと思うことくらいあるっしょ。そういうの吉田っちはちゃんと言葉にしてるわけ？」

「思った時はしてると思うけどな」

実際、沙優の行動や表情が可愛いと思うことは多々ある。下手に大人ぶらずに無邪気《むじゃき》な笑顔《えがお》を見せる沙優は、とても可愛いと思うからだ。

「ほんとか～？　今日だって全然褒《ほ》めないぢゃん」

「そりゃ、いちいちお前が褒めるのを誘導《ゆうどう》してくるからだろ」

「なに、天邪鬼《あまのじゃく》ってやつ？　思ってても言わされるのは嫌《いや》って感じ？」

「違う、思ってないのに言うのは嫌だってことだ」

俺が言うと、あさみはひるんだように目を少し大きく開いた。

「……それは、コスプレ見ても可愛いと思わなかったってこと？」

「……思わなかったっていうか……」

俺は沙優のコスプレ姿を思い出して、首をひねった。

別に、似合ってない、とか、可愛くない、とか、思ったわけではない。

けれども。

「なんか……不自然……というか」

そう、不自然だったのだ。

沙優もぎこちない表情を浮かべて、どちらかといえば恥ずかしそうにしていた。

俺は、沙優が困った顔をしているのを見ると、同じように、困ってしまう。

「俺は、自然体のあいつが好きなんだ。沙優がノリノリでコスプレしてるんだったら、可愛いと思えたかもしれないけど……今日はあいつ、明らかに困った様子だっただろ」

俺がそう言うと、あさみも痛いところを突かれたような表情を浮《う》かべて数秒黙《だま》ってから、頷《うなず》いた。

「ウン……まあ、困らせてる感じはあったよネ……」

「そうだろ。だから、なんかその困ってる顔の方が気になって、服装どころじゃねぇっていうか」

「……そっか」

あさみはもう一度頷いてから、深く息を吐いた。

吐いた息と一緒《いっしょ》に、あさみの肩から力が抜けていくようだった。

「ウチ、なんか空回りしちゃったかなぁ……」

「……まあ、そう見えたかな」

「そか……ごめんね」

あさみはしゅんとした様子で俺に軽く頭を下げて、ベランダの塀《へい》にゆっくりと寄り掛《か》かった。

「吉田っちと沙優チャソ、お似合いだと思うんだけどなぁ」

「まだ言うのか」

俺が眉《まゆ》をひそめるのを横目に見て、あさみはゆるやかに首を横に振《ふ》る。

「吉田っちが、沙優チャソのこと子供みたいに見守ってるのは分かるよ。でも沙優チャソはさ……」

そこまで言って、あさみは口を噤《つぐ》んだ。

明らかに、「沙優の方はそうではない」と言いたげなあさみだったが、俺からすればそれは随分《ずいぶん》と飛躍《ひやく》した想像だと思った。

俺から見て沙優が子供に見えるのと同じように、沙優から見たら俺はおっさん以外の何物でもないだろう。

見ている世界も、生きている世界も違いすぎるのだ。

「……まあいいや。今日はごめんね、困らせて。沙優チャソにもウチからちゃんと謝っとく」

「ああ……そうしてくれ。俺よりも、明らかに沙優の方が困ってたぞ」

「うん、それはほんとにそう。あんなに困った顔してる沙優チャソ、滅多《めった》に見ないもん」

「分かってるんだったら早いとこやめてやったら良かっただろ」

「引っ込みつかなくなっちゃったんだよ」

あさみはそう言ってから、胸が膨《ふく》らんで、それからしぼむのが分かるほど、大きく息を吸って、吐いた。

そして、思い出したように俺をキッとにらむ。

「でも吉田っち、沙優チャソに『カワイイ』って言わないのに、ウチに言うのはどうかと思うよ」

「あ？」

一瞬《いっしゅん》あさみの言っていることが分からず、素《す》っ頓狂《とんきょう》な声を出してしまった。

あさみに可愛いなどと言っただろうか、と数秒考えて、「あ」と声が漏《も》れる。

あさみが「可愛い女の子に着てほしい」というようなことを言った時に、「お前も十分可愛いだろ」とはずみで言ってしまったことを思い出す。

「サラッと言ったでしょ、今日」

「まあ……言ったな」

「ダメでしょ、ウチに言ってる場合じゃないんよ、そういう言葉は」

あさみにそう言われたものの、思わず俺は首をかしげてしまう。

「いや、素直にそう思ったから言っただけだけどな」

思っていないことをわざわざ言うほど器用ではない。

俺がそう断言すると、あさみは口をへの字に曲げた。しかしその顔はほんのりと赤い。

照れているのだろうか。

「いいから！　沙優チャソの前でウチに可愛いとか言うのは金輪際禁止！」

「じゃあ沙優がいない時ならいいのか？」

純粋《じゅんすい》な疑問をぶつけると、今度は明確にあさみの顔が赤く染まった。

「そ……」

わなわなと口を震《ふる》えさせて。

「そういうことじゃないっつの!!」

あさみが大声で叫《さけ》ぶ。また、住宅街にあさみの声が響き渡《わた》って、一人で焦《あせ》りだすあさみを見て俺は失笑《しっしょう》した。

「まあ、とりあえず部屋戻《もど》るか。悪いな急に連れ出して」

「いや、ウチも悪かったし……」

あさみはぱたぱたと自分の頬《ほお》を冷ますように両手で扇《あお》ぎながら頷く。

ベランダの扉《とびら》を開け、靴《くつ》を脱《ぬ》ぎ、部屋に入る。

すると、部屋の真ん中に沙優が仁王立《におうだ》ちしていた。

その服装に、俺とあさみはぽかんと口を開く。

「内緒話《ないしょばなし》は終わりましたか」

腕《うで》を組んだ沙優がそう言ったのを聞いて、あさみはぽかんとした表情のまま。

「終わり……ましたけども……」

と敬語で返す。

沙優は、ゴスロリ衣装《いしょう》に着替《きが》えてそこに立っていた。

ゴスロリ衣装で腕を組み仁王立ちしている沙優……という図は正直に言ってとてもシュールで、俺もあさみも言葉を失う。

沙優は俺とあさみを交互《こうご》に見てから、くわっと口を大きく開いて言った。

「着ろって言うから着たんでしょうが！　感想くらい言ったらどうなんだい！」

「……！　はいッ！　大変可愛らしくて最高でございますッ！」

あさみはビシッと敬礼をしながら沙優に負けない大きな声で返す。

沙優は今度は俺の方をじっ、と無言で見てきた。

俺にも感想を言え、ということだろう。

「……意外と似合うな」

俺がそう言うと、沙優は「うむ」と不自然な口調で頷いて、またあさみのほうを見る。

「撮《と》るなら早く撮りなさいよ」

「はいッ！　撮らせていただきます！」

あさみは軍隊のようにそう言って、スマートフォンを取り出して、パシャパシャと数枚写真を撮った。

「まだあんの？　あるなら出しなさいよ」

明らかにいつもと違う強めの口調の沙優に、俺もあさみも戸惑《とまど》いの色を隠《かく》せない。

「えっと……あるけど、沙優チャソ……どした？」

「出さないなら解散するよッ！」

「はいッ！　あります！　出します‼」

沙優の大声につられて、あさみも大声で返事をし、そそくさとボストンバッグに駆《か》け寄る。

俺はゆっくりと沙優に近づいて、耳打ちした。

「どうしたんだ、急に」

俺が訊《き》くと、沙優はキッと俺を睨《にら》む。

「よくわかんないけど急にコスプレさせられて、急に二人っきりで内緒話し出して……全然状況《じょうきょう》わかんなすぎてムカついてきたからさ」

沙優は「ふん」と鼻から息を吐《は》いて、言った。

「ここまで来たらもう思い切って全部着てやろうと思って」

その答えに、俺は思わず噴《ふ》き出してしまう。

「なに笑ってんの！」

「いや、お前のそういうとこ、可愛いなと思って」

俺がそう言うと、沙優は一瞬目を見開いて、そしてほんのりと頰を赤くした。

「きわどいカッコしても可愛《かわい》いって言わないくせに」

「きわどい恰好《かっこう》は似合ってないからだ」

「……まあそれは、なんか分かるけどさ」

そう言って、沙優はようやくいつもの調子で破顔した。

それを見て、俺もようやく安心する。

おかしなテンションのあさみと、それに困惑《こんわく》し続ける沙優を見ていると、どうもそわそわしてしまっていたが。

こうして普通《ふつう》に笑う沙優を見ると、急に楽しいイベントのような気がしてきた。

「はい！　じゃあ次はこれ！」

あさみは、次はチャイナドレスを沙優に渡す。

「はい、じゃあ着替えるから」

あさみから服を受け取って、沙優が俺をちらりと見た。

ため息が出る。

「またベランダか？」

「トイレでもいいけど？」

「……ベランダで」

俺は苦笑を浮かべて、テーブルの上の煙草《たばこ》の箱とライターを取って、ベランダへ向かう。

もう、好きなだけやってくれ、という気持ちになっていた。

「やばい、ウチ……やっぱ沙優チャソのこと死ぬほど好きかもしんない」

「何を今さらそんなこと言ってんの」

あさみと沙優のそんな会話を背後に聞きながら、ベランダに出る。

煙草に火をつけ、いつもより深めに吸い込んだ。

そしてゆっくりと吐き出して、ようやく心が落ち着いてきたのを実感する。

あさみがなぜ、俺と沙優を『恋仲《こいなか》になれるほど』仲良くさせたいのか、その真意はよくわからない。

しかし、あさみはあさみで、俺と沙優のことを本気で考えているということは分かった。

空回り感は否《いな》めないが……それでも、その気持ち自体はありがたい。

そして、俺たちがベランダから戻った後の沙優は、いろいろと理由をつけてはいたが、明らかにあさみに気を遣《つか》っていたのが俺にも分かった。

それも、無理に気を遣っているというわけではなく、少なくともあさみのためを思って、あさみの意図が分からないながらも寄り添《そ》おうとする気持ち。

そんな二人を見ると、俺もあたたかい気持ちになる。

「いい友達ができて、良かったな……」

呟《つぶや》きながら、本気でそう思った。

しかし、そんなことを考えている途中《とちゅう》で、ふと、沙優のナースコスプレ姿が一瞬《いっしゅん》頭に浮《う》かんだ。

スッとしたボディラインに、ほどよく肉付きの良《い》い脚《あし》。

そして、ぴっちりとした服を着ると否が応でも目立つ、形の良い胸……。

ぶんぶんと頭を振《ふ》って、そのイメージを打ち消した。

「相手はガキだぞ……」

つくづく、自分も『男』という生き物なのだと痛感する。

沙優に対して、恋愛《れんあい》感情など湧《わ》かないと言いながらも、あれだけ肌《はだ》を見せつけられると一瞬性欲《せいよく》が鎌首《かまくび》をもたげてしまう事実にゾッとした。

これからも、俺は沙優を守る立場でありたい。

そのために、そういうよこしまな気持ちはすべて捨て去るべきだ。

煙草の火を消して、俺は自分の頬を両手で挟《はさ》み込むようにパシンと叩《たた》いた。

タイミングよく、ベランダの扉が開いて、中からあさみが顔を出した。

「じゃーん、お次はチャイナ服！」

もういちいち中に入るのも面倒《めんどう》なので、サンダルを履《は》いたまま部屋の中を覗《のぞ》き込むと、扇子《せんす》を持ってノリノリでポーズをとる沙優がいた。

いや、ノリノリというよりはもはや自暴自棄《じぼうじき》にも見えるが……。

それを見て、俺は苦笑を浮かべて、せっつかれる前に口を開く。

「まあ……似合ってるんじゃないか」

大胆《だいたん》なスリットから覗く沙優のスラッとした脚に目を向けないようにして、俺はうんうんと頷《うなず》いてみせた。

顔を赤くしながらも、ふふん、と鼻を鳴らしてみせる沙優を横目に、俺はまたベランダの扉を閉める。

コスプレ大会はその後数時間続き、俺は1日で煙草をひと箱吸い切ってしまった。

とんだ休日だったが、最終的にはあさみも沙優も楽しそうだったので……まあ、良しとする。

《初出》

目玉焼き……………………………第1巻電子特別版購入特典
饅頭……………………………………第1巻 BOOK☆WALKER 購入特典
社食……………………………………第1巻とらのあな購入特典
パフェ…………………………………第1巻メロンブックス購入特典
洗濯……………………………………第2巻電子特別版購入特典
料理……………………………………第2巻とらのあな購入特典
掃除……………………………………第2巻メロンブックス購入特典
出汁……………………………………スニーカー文庫31周年フェアSS
ニットカーディガン…………………スニーカー文庫30周年フェアSS
ワンピース……………………………書き下ろし
デニムショートパンツ………………第3巻アニメイト購入特典
キャメルスカート……………………第3巻とらのあな購入特典
チュニックブラウス…………………第3巻電子特別版購入特典

あとがき

はじめまして。しめさばと申します。

細々とネットで物書きをしていたものです。気付いたら角川スニーカー文庫で五冊目の本を出させていただけることに。あとがきにも少しずつ慣れてきたのかなと思います。

さて、今回は猫《ねこ》の話をします。

今年（2020年）の5月からメインクーンの子猫をブリーダーさんから譲《ゆず》っていただき、飼い始めました。

私の知る『猫』という生き物は、マイペースで、構われたいとき以外は構われたくなくて、あんまり触《さわ》ると嫌《いや》がる生物、という印象がありました。今まで出会ってきた猫がたいてい、そうであったからです。

しかし、うちにやってきた子猫はまったくその印象とはかけ離《はな》れた子でした。

我が家に来てものの5分で腹を出して甘え、その5分後には私の膝《ひざ》に乗って甘え、私の姿が見えなくなると——例えばお手洗いに行くだけでも——不安そうな声で鳴き……とにかく一人でいるのが不安な、人間大好き猫だったのです。

　これには私も大変困りました。

　なぜなら、先述のとおり、私の中で猫は「餌《えさ》とトイレの世話をしっかりしてやれば、一人でもなんだか気楽そうにやっていて、構うとむしろ鬱陶《うっとう》しがられる」という、そういう生き物だとされていて、であるからこそ飼い始める決心をしたのです。

　私も基本的に自宅にいるとはいえ、仕事をしなければならないので、四六時中猫に構ってやれるわけではありません。

　仕事部屋に入れてやるとマウスやスピーカーのコードを噛《か》みちぎってしまい、まったく集中して仕事ができそうになかったのでリビングに閉め出してしまうと、それはそれは寂《さび》しそうな声で鳴いて……仕事が一段落ついて部屋を出れば、部屋の目の前で座って待っている。

　一緒《いっしょ》にいてくれと鳴くくせに、数十分一緒にいると甘えモードになり、鋭《するど》い牙《きば》や爪《つめ》を立てて容赦《ようしゃ》なくじゃれついてくるので、こちらは血まみれになり、結果的に長時間一緒にはいられず……。

　このあとがきを書いている時点ですでに猫と生活をし始めて半年が経《た》っているのですが、いまだに子猫と上手に暮らす方法を試行錯誤《さくご》しています。

あの子がもう少し大人になり、自分の時間を楽しめるようになっていくのか、それともこのままずっとあんな調子なのか……そこは今のところはまったく分かりませんが、どうにか二人の生活の共通項《こう》が見つかれば良いなぁと思っているのです。

正直に言うと、私はかなり気軽な気持ちで――ペットを飼うのは大変、というのは分かっているつもりでしたが――猫を飼い始めてしまいました。ペットを飼った経験は実家などでもあったので、なんとなく「ペットを飼う」ということについて分かった気になっていたのです。

実際に一人で猫を飼ってみると、「同じ言葉で喋《しゃべ》れない人間と同居をする」、というのと近い感覚でした。

向こうが求めていることはなんとなくしか分からなくて、こっちが求めることを説明しても向こうはピンと来ていなくて……。

生き物同士で一緒に住む、というのはとても難しいことなのですね。

同居モノのライトノベルを書いておきながら、今更《いまさら》こんなことに実感的な気付きを得たのが面白くて、あとがきに書かせていただきました。

これからも頑張《がんば》って猫と関係性を築き上げつつ、お互《たが》いが楽しく過ごせるよう試行錯誤してゆきます。

ここからは謝辞になります。

まずは、今回の執筆《しっぴつ》作業をサポートしてくださったK編集、ありがとうございました。毎度毎度、ご迷惑《めいわく》をおかけしておりますが、持ち前のポジティブさで「なんということもない」という顔で作業を進めてくださるので大変助かりました。

次に、今回から表紙と挿絵《さしえ》に復帰してくださったぶーたさん。ありがとうございます。表紙のラフイラストをいただいたとき、震《ふる》えるほど嬉《うれ》しかったです。現物が届いたら宝物にしますね。

そして、きっと私よりも真剣《しんけん》に本文を読んでくださった校正さん、その他この本の出版にかかわってくださったすべての方々に、心よりお礼を申し上げます。ありがとうございました。

最後に、短編集まで手に取ってくださった読者の皆様《みなさま》。何度もお伝えしていることではありますが、読者の皆様のおかげでここまで刊行を続けることができております。本当にありがとうございます。これからも「ひげ～」の作者としても、一人の作家としても精進を続けて参りますので、何卒《なにとぞ》よろしくお願いいたします。

また皆様と私の書いた物語が巡《めぐ》り合うことのできるようにと願いながら、あとがきを終わらせていただきます。

しめさば

ひげを剃《そ》る。そして女子高生《じょしこうせい》を拾《ひろ》う。Each Stories《イーチ ストーリーズ》

著　しめさば

角川スニーカー文庫　22479

2021年1月1日　初版発行

発行者　青柳昌行

発　行　株式会社KADOKAWA
〒102-8177 東京都千代田区富士見2-13-3
電話　0570-002-301（ナビダイヤル）

印刷所　株式会社暁印刷
製本所　株式会社ビルディング・ブックセンター

Printed in Japan　ISBN 978-4-04-108261-4　C0193

★ご意見、ご感想をお送りください★
〒102-8177 東京都千代田区富士見 2-13-3
株式会社KADOKAWA　角川スニーカー文庫編集部気付
「しめさば」先生
「ぶーた」先生

角川文庫発刊に際して

角 川 源 義

　第二次世界大戦の敗北は、軍事力の敗北であった以上に、私たちの若い文化力の敗退であった。私たちの文化が戦争に対して如何に無力であり、単なるあだ花に過ぎなかったかを、私たちは身を以て体験し痛感した。西洋近代文化の摂取にとって、明治以後八十年の歳月は決して短かすぎたとは言えない。にもかかわらず、近代文化の伝統を確立し、自由な批判と柔軟な良識に富む文化層として自らを形成することに私たちは失敗して来た。そしてこれは、各層への文化の普及滲透を任務とする出版人の責任でもあった。

　一九四五年以来、私たちは再び振出しに戻り、第一歩から踏み出すことを余儀なくされた。これは大きな不幸ではあるが、反面、これまでの混沌・未熟・歪曲の中にあった我が国の文化に秩序と確たる基礎を齎らすためには絶好の機会でもある。角川書店は、このような祖国の文化的危機にあたり、微力をも顧みず再建の礎石たるべき抱負と決意とをもって出発したが、ここに創立以来の念願を果すべく角川文庫を発刊する。これまで刊行されたあらゆる全集叢書文庫類の長所と短所とを検討し、古今東西の不朽の典籍を、良心的編集のもとに、廉価に、そして書架にふさわしい美本として、多くのひとびとに提供しようとする。しかし私たちは徒らに百科全書的な知識のジレッタントを作ることを目的とせず、あくまで祖国の文化に秩序と再建への道を示し、この文庫を角川書店の栄ある事業として、今後永久に継続発展せしめ、学芸と教養との殿堂として大成せんことを期したい。多くの読書子の愛情ある忠言と支持とによって、この希望と抱負とを完遂せしめられんことを願う。

一九四九年五月三日

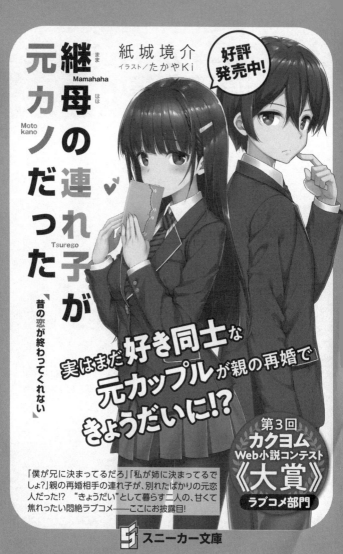

きみの紡ぐ物語で、
世界を変えよう。
第27回
スニーカー大賞
原稿募集中!
《大賞》300万円
＋コミカライズ確約
《金賞》100万円 《銀賞》50万円
《特別賞》10万円
［選考委員］
春日部タケル
「俺の脳内選択肢が、学園ラブコメを全力で邪魔している」
長谷敏司
「円環少女」「BEATLESS」
角川スニーカー文庫編集長
［前期締切］
2020年12月末日
［後期締切］
2021年6月末日
詳細はザ・スニWEBへ https://sneakerbunko.jp/award/
イラスト／左